■南望青春系列丛书

听山谷风

——记中国地质大学（武汉）研究生支教团

共青团中国地质大学（武汉）委员会　编

图书在版编目(CIP)数据

听山谷风:记中国地质大学(武汉)研究生支教团/共青团中国地质大学(武汉)委员会编.—武汉:中国地质大学出版社,2018.12
(南望青春系列丛书)
ISBN 978-7-5625-4465-4

Ⅰ.①听… Ⅱ.①共… Ⅲ.①日记-作品集-中国-当代 Ⅳ.①I267.5

中国版本图书馆CIP数据核字(2018)第301120号

听山谷风
——记中国地质大学(武汉)研究生支教团　　共青团中国地质大学(武汉)委员会　编

责任编辑:马　严	选题策划:李国昌	责任校对:张咏梅

出版发行:中国地质大学出版社(武汉市洪山区鲁磨路388号)	邮编:430074
电话:(027)67883511　　传真:(027)67883580	E-mail:cbb@cug.edu.cn
经销:全国新华书店	http://cugp.cug.edu.cn

开本:787×1092mm　1/12	字数:290千字　印张:11.5
版次:2018年12月第1版	印次:2018年12月第1次印刷
印刷:武汉中远印务有限公司	印数:1—300册

ISBN 978-7-5625-4465-4　　　　　　　　　　　　　　　　　　　定价:99.00元

如有印装质量问题请与印刷厂联系调换

听山谷风
——记中国地质大学（武汉）研究生支教团
编委会

主　　　办：共青团中国地质大学（武汉）委员会
顾　　　问：傅安洲　王林清
主　　　编：龙　眉　黄　蕾
副　主　编：姜明敏　胡　肖　朱荆萨
编　　　委：霍少孟　路　康　任文珍　蒋天娇
　　　　　　林　昇　黄　威　邬斌杰　严亮轩
　　　　　　孟庆达　丁钰峰　张伟炫　黄禹翔
美 工 编 辑：崔　鑫　张宇音　朱庚峰　李　朗
插　　　画：徐　珍　杨文涛

山谷风，伴随着朝阳的升起，夹带着暖意，轻拂着山间的树叶草场，小树早早地发芽了、开花了、结果了。听，山谷风吹响，一群地大青年正用他们的热情驱散山区的寒凉，用执着的信念为孩子们带去希望……

勘探队员之歌

1=D 4/4
轻快的行板

佟志贤词
晓　河曲

5 - 1 - | 3 5 2 3 1 i | 6· 6 5 6 6 5 3 | 5 - - 0 | 1 - i· i |

是　那　　山 谷 的 风，吹 动 了 我 们 的 红　　旗；　　　是　那
是　那　　天 上 的 星，为 我 们 点 燃 了 明　　灯；　　　是　那
是　那　　条 条 的 河，汇 成 了 波 涛 大　　海；　　　把　我 们

副歌

6 i i 5 3 2 i | 6· 6 5 2 2 3 2 | 1 - - 5 | i· 6 5 3 2 i |

狂　　暴 的 雨，洗　刷 了 我 们 的 帐　　　篷。　　我　们 有 火 焰 般 的
林　　中 的 鸟，向　我 们 报 告 了 黎　　　明。
无　穷 的 智　　慧，献　给　　祖 国 和 人　　　民。

2 - 2 3 | 2· i 7 6 7 2 | i· 6 5 0 | 5 3 2 1 2 3 6 | 5 5 0 i |

热　　情，战　胜 了 一 切 疲 劳 和　寒 冷；　　背 起 我 们 的 行 装，攀

6 6 5 6 5 3 | 2 2 0 1 2 | 3 5 7 6 5 | i - 2 5 | 3· 2 i 3 5 |

上　那 层　层 的 山 峰；　我 们 满 怀 无 穷 的 希　望，为 祖 国 寻 找 着

7 6· 6 5 - | i - - - ‖

富 饶 的 矿　　藏。

前　言

2005年7月，时任国务院总理温家宝同志对我校261名志愿到西部服务和就业的毕业生来信做出批示："大家志愿到西部服务和就业的志向、勇气和决心使我深受感动。你们的选择是正确的。我深信你们在西部艰苦工作的磨炼，必将成为你们生命中最宝贵的财富。"同年，第一届研究生支教团怀揣总理的勉励、胸怀报国的责任，从南望山下出发，开启了又一代年轻地大人扎根基层、奉献青春、服务人民的新里程。

地大人扎根基层、扎根西部、成才报国是有优良传统的。早在20世纪五六十年代，在刘少奇主席"争做建设时期的游击队员"的号召下，一批又一批地大学子放弃在内地城市工作的机会，主动选择到西部艰苦的地方去、到祖国最需要的地方去，建功立业，报效国家。他们奋斗的足迹遍布大江南北，他们的功绩与山河同在。到了20世纪八九十年代，这一优良传统薪火相传，许多地大学生党员和普通学生在毕业分配时主动向组织提出申请，到祖国最需要的地方去。我就读的地质系79级在1983年毕业分配时，就有多位同学主动申请去了新疆、西藏最艰苦的地勘一线去，在高原大漠找矿、普查、勘探，谱续地大学子感人的故事。进入新世纪，以2005年261名志愿到西部服务和就业的毕业生为代表，新一代学子续传了地大的精神，彰显了地大人的品格。

从2005年开始，我校主动承担了国家的支教任务。十余年支教，也有太多的人需要记住，太多的事可以传颂。96位支教志愿者们用朴实细腻的文笔一路娓娓道来，描述的是育人自育的成长故事，抒发的是朴实浓厚的家国情怀。在他们身上，集中体现了报效祖国的远大志向、朝气蓬勃的精神风貌、自强不息的意志品格、甘于奉献的思想境界。这是新时期地大学子弘扬和践行社会主义核心价值观的生动体现，弘扬和践行"艰苦朴素、求真务实"校训精神的生动体现，传承和发扬学校优良传统作风的生动体现。

感谢地大研究生支教团志愿者们的默默付出。青年时期是人生重要的成长阶段，基层是青年锻炼成长的沃土。实践将证明，西部支教的这段经历是支教者一生弥足珍贵的财富。期待有更多的青年学生，在研究生支教团经历的感召下，积极到西部去，到基层去，到祖国最需要的地方去，在实现中国梦的生动实践中放飞青春梦想，书写人生华章。

中国地质大学（武汉）党委副书记

目 录

Contents

缘起·震旦纪

- 2　时代召唤　爱在这里汇集

- 4　支教起点　爱从这里出发
  - 6　无风的日子真好
      原来水是如此珍贵
      与流感斗争的日子
  - 7　爱的付出与回报
  - 8　寻找地质人的乐趣
      师生情·友情
      "玩命"地去传递爱

- 10　开疆拓土　爱在这里播撒
  - 11　彩云之南　十年相伴
  - 12　红色沃土　新的坚守
  - 14　绿色硒都　回归荆楚

开拓·寒武纪

- 18 角色转换　走向讲台
  - 19 今天起　我便是你们的班主任
  - 21 兴趣是最好的老师
  - 23 难忘第一节历史课
  - 25 六十天·华丽的蜕变

- 28 第二课堂　五彩缤纷
  - 29 缤纷校园
  - 32 书香公益
  - 33 七彩小屋

- 34 支教之外　生活之中
  - 35 有一种生活　你不曾经历
  - 38 母亲水窖
  - 39 暖心空巢

- 40 爱心浇灌　花蕾绽放
  - 41 捐资助学　用微小的力量撑起孩子瘦弱的身躯
  - 45 童梦游学　用城市互访拉近梦想的距离
  - 47 来自花蕾的感谢

爱暖·志留纪

- 50 此去经年　恩师珍重
  - 51 孩子们，我很想和你们来一场表白
  - 52 老师，我想对您说
  - 54 致我亲爱的六(5)班
  - 56 时光啊　你慢些走
  - 57 感谢回忆里有你们
  - 58 再见了，我的"123"
  - 59 十年一曲梦　一生一份情
  - 60 一纪年华，静待花开
  - 62 团聚黄陂之家　书写青春芳华

- 64 手足情深　前程似锦
  - 65 扬帆起航正当时
  - 67 十年奉献　照亮未来
  - 69 爱心点亮希望
  - 71 爱心永恒

- 72 相知十年　值得托付
  - 73 新老师的必修课
  - 74 家长心中的支教团

新程·第四纪

- 78 支教心语　真情流露
  - 79　你们是最好的礼物
  - 81　沉淀青春　绽放梦想
  - 84　难忘那年　那年难忘
  - 86　很幸运在最美的青春与你们相伴而行
  - 87　彩云之南，献君吾心

- 88　一脉相承　继往开来
  - 89　支教团给母校的一封信
  - 91　地大　你们永远温暖的家
  - 93　念十载春秋　师生共度
  - 95　师言深重　寄语未来
  - 99　讴歌青春　寄语支教
  - 102　不忘初心　继续前行
  - 104　支教再出发　建功新时代

- 106　一纪坚守　风华正茂

- 122　后　记

缘起 震旦纪
SINIAN

寒冰封锁的震旦纪，积蓄着力量，酝酿着希望。层层冰盖的遮掩下，是满载渴望、盼寻希望的生命。支教地的开辟，是一场打破坚冰的战斗，是一次从零到一的跨越，是一段绵延无尽的情缘。万事开头难，却总有人能够排除万难，纵然千险万阻，纵然苦难丛生，他们义无反顾，毅然向前，就像那震旦纪后期的炙热阳光，融化冰雪，传递希望。这份无可比拟的情缘，亦起于这时代的殷殷渴盼……

时代召唤
爱在这里汇集

——记中国地质大学（武汉）研究生支教团

听山谷风

志愿者，一个崇高而美丽的名字，二十多年过去，在时代的感召下一批批青年志愿者前赴后继投身志愿服务行动，用"奉献、友爱、互助、进步"诠释着中华民族"扶贫济困、助人为乐"的传统美德。

伴随着20世纪六十年代亿万群众广泛参与学习雷锋活动的兴起，"为人民服务"成为了那一代青年的价值目标和道德准则。进入20世纪九十年代以来，伴随着改革开放和社会主义市场经济的发展，作为学习雷锋活动在新时期的继承和创新，青年志愿者行动应运而生，志愿精神成为了中国特色社会主义文化的重要组成部分。1993年12月19日，首批2万余名中国青年志愿者，走上了千里铁路大动脉，中国青年志愿者活动由此拉开帷幕。1994年12月5日，中国青年志愿者协会成立，标志着我国青年志愿服务的事业全面、蓬勃的展开。其后的数十年，志愿者事业迎来了高速发展期，志愿者队伍不断壮大，近2亿青年投身社会公益服务；组织网络不断健全，志愿者行动专门组织机构逐步建设成立，各级志愿者协会纷纷成立，青年志愿者服务站扎根基层已超10万人；服务领域不断扩大，各级志愿者组织在扶贫开发、社区建设、环境保护、大型活动、抢险救灾、海外服务等不同领域探索实施了一系列扎实有效的志愿服务项目。

在时代的感召下，在上级团组织、校团委、学校的大力支持下，中国地质大学（武汉）青年志愿者协会于1994年3月正式成立。协会作为联合青年学生志愿者的纽带，结合学校自身特点，指导、组织各学院、团队围绕专业优势不断丰富志愿服务的内容，拓展志愿服务领域，积极有序地开展了富有特色的志愿服务活动。二十余年来，地大的志愿服务事业飞速发展，注册志愿者已占在校生的95%以上，为社会提供了数十万人次的志愿服务；校内志愿者协会分会已达20个，其中资源学院的红星志愿者队已成立20余年；以工程学院"山中花儿爱心助学团"为代表的专业志愿服务团队已超过31支，大部分团队组建时间已超过十年，活动覆盖全国7个省份（自治区）50多个市区县，累计服务时长达30余万小时；涌现出一批以"全国十佳志愿者"齐怀远为代表的优秀志愿者个人。

2000年，随着国家"西部大开发"战略号角的吹响，一批批有志青年投身到西部热土的建设洪流中。2003年，根据国务院常务会议精神，团中央与教育部、财政部、人力资源和社会保障部联合实施大学生志愿服务西部计划。2005年5月，我校有261名志愿者毕业之时毅然选择到西部建功立业，并得到了我校校友、时任国务院总理温家宝同志的高度评价和赞赏。他在亲笔回信中勉励261名志愿到西部工作的毕业生和广大在校学生："大家志愿到西部服务和就业的志向、勇气和决心使我深受感动。你们的选择是正确的。我深信你们在西部艰苦工作的磨炼，必将成为你们生命中最宝贵的财富。"

就在这一年，我校响应团中央号召，积极参与青年志愿者扶贫接力计划，成立了专门的研究生支教团（简称"支教团"）工作领导机构，制定了《中国地质大学（武汉）研究生支教团招募管理办法》，面向全校青年招募筛选了4名研究生，组建了我校第一届研究生支教团，奔赴陕西佳县乌镇中学开始了他们为期一年的支教工作。

一年又一年，志愿者们以爱为名汇集于此，又从武汉东湖之滨奔赴祖国的边疆，他们怀揣志愿者"奉献、友爱、互助、进步"的服务理念，秉承地大人"艰苦朴素、求真务实"的校训精神，如同寒武纪中孕育的生命一般，虽似星星之火，却为将来的燎原之势积蓄着必备的能量。

支教起点 爱从这里出发

记中国地质大学（武汉）听山谷风研究生支教团

2004年10月，2001级王颋、梁尚昆、柳红兵、孙步阳四名应届毕业生从数十名申报者中脱颖而出，组建了中国地质大学（武汉）第一届研究生支教团（即团中央第七届），奔赴陕西佳县乌镇中学，爱开始从这里出发。

　　佳县位于陕西省东北部黄河中游西岸，毛乌素沙漠的东南边缘。支教团中有3名成员是南方人，习惯了潮热气候的他们面对干燥的黄土高原，总感觉有些不适，时而漫天飘荡的黄沙刺激着每个人的皮肤与呼吸道，饮食的不习惯使水土不服成为常态。对这几个爱干净的大男孩而言，最紧迫的问题是缺水，洗澡甚至成为了他们生活中奢侈的事情。

　　这七篇日记，记录了支教志愿者的真实生活，记录了他们如何克服困难，如何走进孩子们的内心，给孩子们带去知识和温暖。

佳县乌镇中学鸟瞰图

无风的日子真好

2006年3月10日　星期五　晴

春天的黄土高原，是沙尘暴肆虐的时候。没有绿色的生机，没有雨水的滋润，当大风起时，本来还很耀眼的阳光，一下子失去了光彩，在昏黄的天空中时隐时现，飞沙走石随风起舞，竞相追逐嬉戏，山谷中回荡着他们开心的笑声，有时它们也调皮地敲打着纸窗，甚至想强行推开门窗，窗格上的纸经不起吹打，被撕裂开来，透过缝隙可以看见风沙中的太阳像个生病的老头。

这个时候，是很少有人出来的，我躲在窑洞里，一张口，就满嘴都是沙子，眼镜上落上一层厚厚的灰。我就不停地洒水，但沙尘无孔不入，桌子上、书上都是灰，估计我的头发上也藏了不少。拿它们也没有办法，我唯有坐着看报纸。

直到太阳下了山，风才停下来，风沙也失去了活力。今天的沙尘暴终于告一段落，只希望明天是一个无风的日子才好。

原来水是如此珍贵

2005年10月24日　星期一　晴

今天给初一孩子们上地理，讲到水城威尼斯和江南水乡，我便让孩子们观看相关的图片，详细地给孩子们讲解。

"哇！好看呦，这么多水啊！"学生们异口同声地说。

如果不是在这里，不是在黄土高原，我可能不会为这话所触动。干旱常年困扰着这里，尽管饮用水并不缺，可学校门前那早已干涸的乌龙河，那光秃秃的山却早已在孩子们心灵深处烙下了印，他们渴望着水草丰盈、满眼葱绿的世界，他们更渴望黄土高原外面的世界。

与流感斗争的日子

2005年11月23日　星期三　晴

这些天帮康世亮老师代班，深感班主任的责任重大，像家长一样，要时时为孩子们着想。陕北的天气一天比一天冷。班上感冒的学生也多了起来，我注意了一下，有二十多个人，每次上课，咳嗽之声不绝于耳。发烧的也很多，已经有好几个学生不能来上课了。

流行感冒很是恶毒，若不及时处理，全班都得遭殃。而且马上就要期中考试了，生着病去参加考试势必会影响到学生的发挥。况且，冬天教室不能经常通风换气，这给感冒提供了滋生的温床，要赶紧想个办法杀一杀病毒，不能耽搁。

在没有消毒水的情况下，醋是最好的选择。今晚我约了张文涛一起给七八班的教室进行熏醋消毒。拿了电炉子和小锅在教室进行了一个小时的消毒作业。

回来的时候，我已经全身都是醋味儿，但打心眼儿里希望这次消毒能对防流感起点效果。

爱的付出与回报

2005年10月17日　星期一　晴

刚才高一（7）班的高志贤提着一壶热水过来，告诉我："孙老师，今晚开水房只有温水了，我这壶打得早，还很热，给你用，洗脚吧。"我真的很感动。

来到这里以后，孩子们的朴实时常打动我们，他们生长在农村，说家里没什么好东西，就给我们送了许多枣子，那一颗颗红红的枣子是我这么多年收到的最好的礼物。

学生对老师的爱戴，点滴都体现在这朴实真挚的行动里。该拿什么来回报这些可爱的孩子们呢？我想啊，我每天教好课，每天充满爱心地工作、生活，应该是对他们最好的回报吧。

烧煤取暖

寻找地质人的乐趣

2006年3月23日　星期四　晴

来到这里后，爬山，已经成为了我们生活的一部分。

黄土高原千沟万壑，凸起的，凹陷的，只管过去。这种征服的欲望，我归结为人类原始的野性和对自然的崇拜。在山下、山上欢呼奔跑，在晨曦中看着一切渐渐苏醒，镇上、山里，升起的袅袅炊烟，像是来自天上人间的曼舞，那从学校传来的琅琅书声，沿着山谷荡开，被山顶上的我们捕获，我把这声音比作天籁。

若论爬山的收获与益处，那便是去尝试与自然融为一体的感觉。登上山顶，与天空的距离更近，与风接触更为亲密，行走在略带土味的空气中，偶尔惊起一只山鸡，抑或追赶受惊的兔子，也有如庄子般逍遥自在。

爬山许是结伴而行，却不宜多，两三人足矣。山路崎岖，峰回路转之间，景色大变，眼前景使心中境不同，评点山色就在此时，所谓一人一山，数人数山。王右军"畅叙幽情"的目的便达到了。爬山之乐之心而寓之行也。

师生情·友情

2005年9月24日　星期六　晴

今天周末，没有了上课的紧张就顿时觉得无聊起来，便不时地往宿舍那边去，和学生们聊聊天，拉拉家常，了解他们学习和生活的情况。不知为什么，跟他们在一起，好像心里才舒服，才能静下来似的，我和他们已经是非常好的朋友了。

"玩命"地去传递爱

2005年10月13日　星期四　晴

今天上的是新课——"钠的化合物"，这一节的实验很多，要求有六个，但由于实验室器材不足，只能做其中的四组。因此，一大早我就找实验室的岳老师取了药品和仪器，为中午的课程作准备。

做化学实验是件危险的事，我是第一次当化学老师，做这些实验也是头一遭。记得第一次实验时，我的手一直发抖，现在倒是已经没有了那时的害怕，心里踏实许多。其实我最担心的是实验做得不妥当，伤了学生就糟糕了，所以要特别特别小心。今天在做用二氧化碳点着棉花的实验时，棉花剧烈燃烧，过氧化钠粉末飞溅，产生的高温粉末溅到我手上，很快就烫起了泡，不过好在学生没有伤着。我忍痛上完课，感觉到化学老师有时真的是在"冒着生命危险"讲知识。

以上摘自孙步阳、梁尚昆日记

2006年4月时任校团委副书记马彦周老师（后排左二）带队前往佳县支教点探望支教队员

记中国地质大学（武汉）听山谷风 研究生支教团

开疆拓土
爱在这里播撒

听山谷风
记中国地质大学（武汉）研究生支教团

彩云之南 十年相伴

记中国地质大学（武汉）研究生支教团

听山谷风

龙江中学新建成的教学实验楼

2006年，因国家战略需要，应团中央要求，我校研究生的支教服务地点由陕西省榆林市佳县调整到云南省楚雄彝族自治州，翻开了地大研究生支教团十年支教的新篇章。

云南省楚雄龙江中学，原名楚雄四中，创办于1980年3月，2002年因楚雄市城市教育综合改革更名。学校位于楚雄彝族自治州楚雄市东瓜镇，属于城郊结合地段，交通不便。学校现有教职工145人，在校学生1825人，38个教学班，其中初中14个班，高中24个班。学生大部分来自少数民族，且几乎都来自偏远山区，家庭收入主要依靠家人外出打工获得。

相比陕西的干冷，来到彩云之南的志愿者们却面临着早晚厚外套，中午短袖，还有时不时刮起的大风。人们常说"云南四季如春"，可当志愿者到达楚雄后才发现气候并不及想象中那般怡人，刚抵达支教点，最不适应的就是云南悬殊的早晚温差、异常干燥的气候，最害怕的是学校那仅有的几栋属于D级危房的教学楼。

在这里，支教团一坚守就是十年。在这十年里，他们圆满完成了学校交予的教学任务，更为龙江中学组建起了学生会、社团、广播台和图书馆，同时，积极投身当地的公益事业。他们多次前往当地敬老院和留守儿童中心进行慰问。特别是当2010年云南发生百年不遇的旱灾时，支教团成员不仅参与了当地的抗旱工作，而且通过网络募集等方式筹集善款，为用水困难的地区修建了4个爱心水窖，解了燃眉之急。一批批地大学子将热血青春奉献给了这个西南小城，用爱与诚陪伴着龙江中学的孩子们健康成长。

支教团书写的黑板报

红色沃土 新的坚守

2014年，中国地质大学（武汉）研究生支教团因出色地完成了团中央布置的各项工作，获批新增3名研究生支教人员。伴随着中国地质大学（武汉）研究生支教团队伍的不断壮大，报西部计划全国项目办批准，中国地质大学（武汉）在江西省赣州市宁都县黄陂中学增设支教服务点。

宁都县是革命老区，是第一次、第二次和第三次"反围剿"的主战场，毛泽东、邓小平等老一辈无产阶级革命家曾在这里留下了光辉的足迹。由于地处偏远，资源匮乏，当地经济发展速度迟缓，被列为国家扶贫开发工作重点县。

黄陂中学始建于1958年，原址在黄陂镇观音阁，于2002年年底迁至背田墩马面排的山脚下，地理位置偏僻，办学条件也相对较差，学校的基础设施是按照农村二类学校标准来配置的。现有教学班26个，在校生1600余人，教职工80余人，师资力量十分薄弱。

眺望宁都县黄陂中学

2016年3月地大老师看望黄陂中学师生

记中国地质大学（武汉）听山谷风研究生支教团

学校背靠山面向田，气候潮湿，为适应气候环境，辣椒成了当地人的主要食材，赣南"怕不辣"的饮食习惯，让支教团的成员叫苦不已，肠胃炎往往要陪伴着他们度过整整一年。

有爱，一切的困难都能克服。志愿者们不仅适应了新的生活环境，还扎根黄陂，把这里当成第二个家。他们团结师长，向前辈学习优秀的教学经验，用心工作，将知识传授给每个学生；他们助学扶贫，竭力让每一个贫困家庭的孩子都能享受到读书的权力。

经过两届研究生支教团成员的共同努力，黄陂中学成立了学生会、建立起校园广播系统和图书馆。两年的时间，中国地质大学（武汉）研究生支教团和黄陂中学的师生们结下了深厚的友谊，彼此互帮互助，朝着未来进发。

绿色**硒都**
回归荆楚

2018年，从服务党中央建设"长江经济带"重大发展战略出发，中国地质大学（武汉）研究生支教团将服务地回迁至恩施土家族苗族自治州建始县大堰中学，回归湖北，共建绿色硒都。

建始县业州镇大堰中学，创建于1958年，地处209国道大堰段，距县城7千米，三面环山，交通不便，现有15个教学班，在校师生八百多人。

近年来，随着国家对义务教育不断加大投入，学校硬件设施有所改善，与原来土建危楼相比，大堰中学从2014年起开始全面基建改造，陆续修建了新教学楼、学生食堂、标准化操场以及20间多媒体教室，学校整体面貌焕然一新。虽然硬件有所提升，但学校的师资力量却依旧薄弱，学校现有教师69人，本科以上学历教师仅20人，36岁以下教师仅5人，教师队伍老龄化严重，部分科目因为常年缺教师无法正常

建始大堰中学全景

建始大堰中学全景

记中国地质大学（武汉）听山谷风 研究生支教团

开设，学生的成长和学校的发展都受到了制约。

带着回归本土，服务荆楚的目的，研支团的志愿者们来到大堰，尽管一日三餐总是与土豆、白菜为伴，哪怕早六晚九没有周末，志愿者们并没有放慢他们继续前行的脚步。天色微亮，志愿者带着学生们早操、早读，开始一天的快乐教学，夜深人静，志愿者们仍在简陋的书桌前批改作业、整理教案，为新的一天作着准备。

除了教学工作，志愿者们还发挥自身特长，全面组织开展学生社团、学生会、国旗班、广播台、留守儿童之家等丰富的课外活动。他们通过组建博学社，将目光聚焦高年级学生骨干，通过励志故事分享会、梦想启航训练营等活动传递社会主义核心价值观，帮助学生骨干树立正确的人生观、价值观，通过榜样的力量将理想与信念深植于每个学生的心中，志愿者们用青春活力渲染整个校园，用时代亮色书写志愿华章。

开拓 | 寒武纪
CAMBRIAN

冰川消融，气候转暖，熬过了震旦纪厚厚的冰盖，斗转星移，温暖祥和的寒武纪姗姗而来。阳光撒向大地，带来了希望，催生出生命的果实。经过紧张有序地开辟，支教地的一切慢慢步入正轨，教学任务一年接一年地圆满完成。坚冰已破，遍地花开，一届又一届支教团成员用心血与汗水，培育出属于自己的桃李。他们就像那寒武纪温柔的浪花，轻轻柔柔地抚慰着活力无限的生命，不懈地努力，不断地开拓，不停地进取。风雨过后，便现烂漫山花……

18 开拓 寒武纪

角色转换
走向讲台

记中国地质大学（武汉）

听山谷风

研究生支教团

黄陂中学八（6）班师生合影

今天起
我便是你们的班主任

记中国地质大学（武汉）研究生支教团

听山谷风

2015年8月28日，我踏入江西省赣州市宁都县黄陂镇黄陂中学，开始了这段期待已久的支教生活，出于对地大研究生支教团的信任，我被安排了一项重要的工作——担任八（6）班班主任。

听学校其他老师说，八（6）班是八年级成绩和纪律最差的班，课堂不学习，违纪、逃课、顶撞老师几乎是常态，没有哪位老师谈起这个班是不摇头的，当这个班主任我真的是一点底气都没有，只能硬着头皮上。

第一次走进教室，就看到满地的垃圾，一个班53个人，有的吵吵闹闹，有的嗑着瓜子。我要求学生自习，他们竟然朝我吐瓜子皮，我靠不间断的发火、干吼暂时控制了混乱的课堂，一节课在充满火药味的氛围中结束，除了身体的疲惫还有心里的极度沮丧，我为什么来到这里？他们真的需要我吗？我一遍遍问着自己。

就在我准备放弃班主任的工作时，我想起了曾经看过的一本书，著名的管理学家彼得·德鲁克创作的自传体小说《旁观者》，书中提到"对真正的老师而言，没有所谓的坏学生、笨学生，只有好老师和差劲的老师之分。"之所以出现"坏学生"，其实是老师的无能。如何做好班主任，是学生们给我出的第一道考题。

按照我之前当学生的经验，调皮捣蛋的班总会有几个带头的，找到他们，问题也许就好解决了，经过一段时间的相处，我终于找到了这8个"小刺头"。第一次和他们的谈话是在愉快的氛围下进行的，我没有把自己当作老师，而是作为哥哥想去了解他们。他们便把更真实的自己展现给我。这是我第一次接触十五六岁青春叛逆期的孩子，他们并不像我之前想象的那么顽劣，他们敏感、易怒，自尊心比一般的孩子更强、更爱面子，作为老师眼中的"坏孩子"他们挨的批评多，得到的关爱少，我不由的从心底里疼爱他们，也意识到对于他们的引导，一次平和而充满尊重的谈话比一百次斥责更有用。

在我来之前，八（6）班的管理是松散的，学生缺乏纪律约束和自我管理，我决定从班级日常管理着手改善班风，组建新班委、规范班级制度、定期举行班会、制定奖惩机制。一学期下来，我的八（6）班终于变得有那么一点不一样了，环境卫生、课堂纪律、平均成绩都有了明显的提升，那8个"小刺头"也变成了我管理班级的好帮手。

这一年，通过当班主任，我更深刻地体会到"教书育人"的含义，当内心被成就感和满足感填得满满的时候，我终于明白了研究生支教团存在的价值与意义。

——摘自第十一届研究生支教团孙宇涛的支教日记

节日活动表演

认真听课的同学们

兴趣 是最好的老师

相信支教过的人,都有这样的体会:英语学习,最难的不在教授,而在落实,方法技巧孩子们很容易学会,但单词的拼写,词组的搭配对孩子们来说要比做大段的阅读题还难,因而对我而言,教学中最难的事情由"讲明白"变成了督促孩子们"记牢靠"。

眨眼间,一年的支教生活就要过半了,回顾这一整个学期,从刚刚接触到逐渐适应,我也摸索出了适合自己的英语教学方法。

"兴趣是最好的老师"。尤其是对英语基础相对薄弱的农村地区的孩子,激发他们学习英语的兴趣才是英语教学中的关键,努力激发和培养孩子对英语的兴趣,使孩子不断树立学习英语的自信心就显得尤为重要。刚开始的一个月,许多孩子遇到了我这个陌生的老师连头都不敢抬,更别提开口说英文了。我准备了几个非常简单的英文问答,一天又一天地和每一个同学反复对话,对每个站起来和我对话的孩子,我都会让全班同学为他鼓掌,经历了第一个月的适应,孩子们对英语表达的畏惧与生疏早已被参与的快乐和满足感所取代,逐渐对英语学习产生了兴趣。

有了兴趣,课堂是活跃了起来,但落实又成了突出问题,单词是英语知识大厦的基石,也是初学者英语学习道路上的"拦路虎"。可孩子们又都像小金鱼,上课还记得的单词,下课就忘了,为了让孩子们习惯生活中英语的存在,我利用自己副班主任的工作之便,将英语的学习从课堂延伸到课外。将英语融入

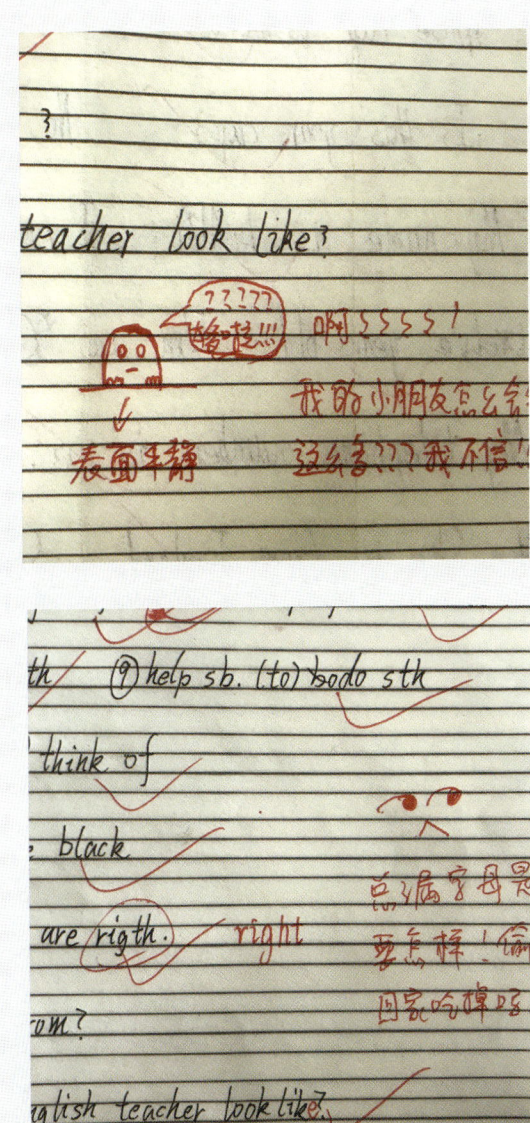

记中国地质大学(武汉)听山谷风研究生支教团

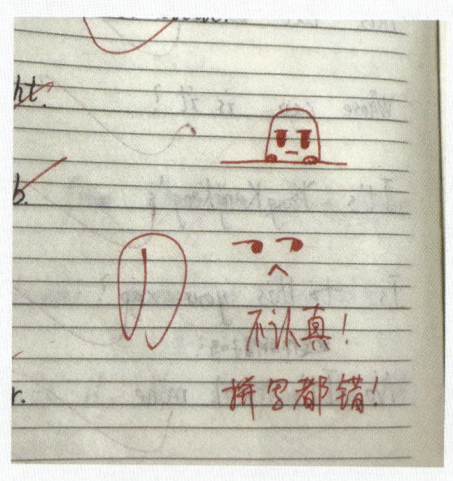 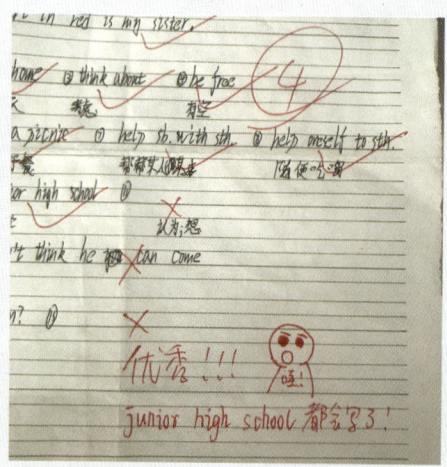 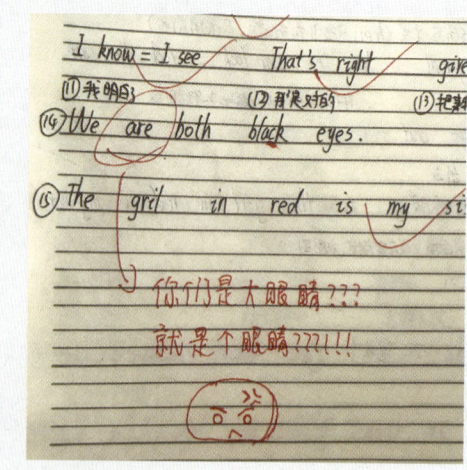

到班会的每一个环节,给孩子们购置英文阅读绘本,带着孩子们一起玩英文小游戏,在开放而活跃的气氛中,将英语融入课堂和生活。

可能因为我的性格比较开朗,学生们都喜欢叫我"小仙女姐姐",凭借着心态年轻的优势,我很快和班上的孩子们打成了一片,他们面对我的时候并没有面对老教师们时的拘谨。孩子们机灵好动,洞察能力很强,他们在默默地观察着我,也在细心地关心着我。心情不好时,会有孩子跑过来站我旁边摸摸我的头发说:"李老师,李老师,生气就不好看了,小仙女是不可以不好看的",我噗嗤一笑,所有的不快都烟消云散了。

孩子们还特别喜欢给我画表情包,这让我突然发现了督促孩子们用心学习的另一种沟通方式,孩子们的作业本上,除了批改日期,还多了小李老师的"表情",检测全对了,是开心或者眨眼的表情,错了不该错的细节是傲娇、生气的表情,错的太多是疑惑和不愿接受现实的表情,进步退步了是点赞鼓掌和"灵魂拷问"的表情。比起冷冰冰的程式化的批改,一个个带着情感的小表情拉近了我们彼此之间的距离,更让我们彼此都感受到了教育的温度。

——摘自第十四届研究生支教团李敏的支教日记

难忘第一节历史课

六点钟下了课，激动的心情难以平复，看了下表，吞下一大把花生，晚饭留做宵夜，先把这些感悟记下。

这两天我一共教5个班，一共有5节历史课，今天下午这节其实是第四节课，但对于这些初一学生来说，每个班都是他们的第一节课，人生中的第一节历史课。我深感责任重大，我要给这200多名学生留下他们对历史的初印象。第一节课不讲具体知识，上一节启蒙课：你所知道的历史；"历史"的概念；钱穆先生国史大纲的引言；历史朝代歌……

第一个题目是个开放性题目，可以说一个历史人物、一个事件、对历史的认识等，目的是提高同学们的积极性，以及从中提炼开创性思维方法给他们。在对于这个题目的回答中，有些孩子的答案出乎意料。在一所欠发达省份，城乡结合部的中学，他们让我看到了课外阅读的作用和智慧的灵光。

接下来，我又让学生们提问我来作答：他们任意说一个朝代，用报菜名的速度列举出一些历史人物和历史

记中国地质大学（武汉）听山谷风研究生支教团

说出你的答案

事件。这个行为让学生们惊呆了，我想告诉他们的是：①老师会和你们共同学习；②你们也可以达到这个水平；③进一步印证拥有知识可以得到更多人的尊重。

接着我用钱先生在国史大纲中的话作引入："当信任何一国之国民，尤其是自称知识在水平线以上之国民，对其本国以往历史，应该略有所知（否则最多只算一有知识的人，不能算一有知识的国民）。"深入浅出地把这句话解释给初一的学生们并将历史朝代以画数轴的方式对应教材中的课文标题，告诉他们这些知识不是孤立的，当它们形成一个网或者一个系统的时候，学起来就不那么难了。

然而，在课堂上还是出现了一种常见的现象：对回答问题同学的嘲笑。课堂一潭死水的气氛很大程度上是由于这种"反智"造成，在学生们刚刚接触课堂的时候，许多学生是有主动回答问题的想法的，但无论答对答错，总有些人发出笑声，继而相互传染导致极少同学能坚持主动回答和参与讨论。

我的解决措施是，当第一次有人发出这种嘲笑时，先让他站起来，等回答问题的同学说完，我来告诉他和全体同学，这种行为看似小，实则是个大问题。既是对知识的不尊重，又是对人的不尊重，每个人都需要换位思考，然后让其向上一个同学道歉，同时声明下不为例，奖罚分明。

除了嘲笑现象之外，就是调皮的问题了。一个班里总有那么两三个学生喜欢吵闹，而这些孩子往往是比较聪明的。学生有淘气的天性，不能严格束缚他们，但是适当的管束是对其他学生的保护，鼓励则是尝试改变他们的方法。在之前监督自习的时候，我和几个调皮的学生聊过，随后在课堂上，由于有一种经过他们认可后的规则存在，他们很难有破坏课堂秩序的空间，在这种情况下，我向他们提问我第一次布置的作业：背诵历史朝代表的前四句。结果他们背得很不错，所以在管束他们行为的前提下做出的鼓励才会产生效果。

课堂将要接近尾声，我抬头看到教室的后方，有这么几个大字："质疑是思考的开始"。在这所相对落后的学校里，鼓励学生们质疑，无疑回到了教育的正轨。当我问出最后一个"历史的范围"时，我的课代表答道：历史是很庞大的，而教材知识只是很少的一部分。

这个答案让我喜悦，我告诉他们，不仅书本上的知识少，大家也要记住一句话，请回头看看后面。

此时，下课铃声响起……

——摘自第十一届研究生支教团张家宝的支教日记

王佳宁在给学生讲课

六十天·华丽的蜕变

开展支教服务后，我成为江西宁都县黄陂中学一位普通的政治老师。

记得第一次参加全校教师大会，校长说："每名教师每学期至少上一节公开课，新教师优先。"听到这个消息，简直比我大学第一次在弘毅堂答辩还要紧张。为了在最短的时间内完成从学生到教师身份的转变，我决定从听课开始学习，听那些老前辈的课，无论是不是我教的科目都去听，站在教室的最后面，每一节课都能在本上密密麻麻写满好几页。

第一个月，我听了七节课，发现只有一位老师

记中国地质大学（武汉）听山谷风研究生支教团

记中国地质大学（武汉）研究生支教团

听山谷风

用多媒体授课，风格也不太符合中学生的口味，于是我思考是不是可以加一些小孩子喜欢的内容进去，想不到竟遇到了困难。因为电脑和投影仪安装多年却无人使用，大部分都已损坏，我教的七个班里只有两个教室的设备能用，为了能让学生看见我精心准备的课件，电脑坏了，我重新装机；投影仪坏了，就搬桌子踩板凳上去修。学生看我踩着板凳摇摇晃晃，纷纷伸出手把椅子扶得稳稳的，看见他们抬着头望向我的眼神，第一次觉得在学生心中可能老师就是他们的无敌超人，当学生需要我的时候，我能为他们遮风挡雨。

就这样，每天上课、听课，两个月过去了，我陆陆续续地把这几个班级的设备都修好了，试讲几节课后觉得自己的水平可以上一堂公开课了，于是我请一位资深老教师先试听了一节。本以为应该是水到渠成的事，却在刚开始就出了乱子——班里的电脑又坏了。已经上课五分钟，我还是没能修好，只好强撑着照课本讲了一节，中途时有忘词，最后几分钟也没能很好的收尾，总之令自己很不满意。

课后，那位老教师给我提了三条建议：①刚上课前要有故事导入；②要脱离课本，教师应把课程内容熟记于心，不能照着课本读；③要把课堂时间交给学生，使用"兵教兵"的方法，按照新课改的要求来。

一个星期后，我准备了一次正式的公开课。课前五分钟，电脑、投影仪就位，课件放到第一页；课前三分钟，预备铃响起，学生们进入教室，课桌上书本摆放整齐；课前一分钟，听课教师陆续到场，除了本教研组的老师，学校的两位校长也前来听我讲课，但我已没有上次那样的紧张。上课铃声响起，"上课""老师好""同学们好，请坐"，用《家有儿女》电视剧里面的故事引出本课主题"悦纳自我，发展自我"。课件中一个又一个小故事吸引学生目光，知识点环环相扣，小组讨论环节碰撞出火花，最后回归课堂主题。下课铃声响起，"下课""老师，再见"。这时教研组长廖老师突然说了句：请同学们为王老师鼓掌！

台上四十五分钟，台下两个月，我被教师这个职业感动。那天下课后，我看到上次试听的前辈在学校办公群里发了一段话："今天，我校王佳宁老师上了一节生动的课改课，展示了一个刚走上讲台还不到六十天的她，对教书育人、新教学方式的诠释，我想，我们应该向她学习一种精神：钻研的精神，对教育和学生爱的精神，她是一个好老师，我为她点赞。"我知道，这样的评价对于我来说还是太高了，自己距离成为一名教师还有很远的路。如果这辈子只当这一年老师，那么我不会有遗憾，也无愧我支教的初衷"用一年的时间，去做一件一辈子难忘的事"。

转眼已到下学期，冬夜渐暖，草长莺飞，我从七年级政治老师的岗位转变为六年级的数学老师，这是学校领导对我的信任，对我来说，这也是新的考验。如果你没有去过一个地方，你就无法深刻了解；如果你没有体验过一种生活，你就无法展开想象；如果你没有收获过一种感情，你就无法切实地感受。研究生支教团既像是一个大家庭，又像是一个集训营，交织了所有成员的思想，又播撒开来，散落到各地。

希望我们能在微小的岗位上继续散发光热，做照亮孩子们心灵的灯塔。

——摘自第十一届研究生支教团王佳宁的支教日记

柳红兵在为学生做辅导

支教团集体备课

实验课

路康作为班主任和学生的第一次见面

记中国地质大学（武汉）听山谷风 研究生支教团

第二课堂 五彩缤纷

听山谷风
——记中国地质大学（武汉）研究生支教团

缤纷校园

兴趣是最好的老师，而社团则成为兴趣延伸最好的摇篮，让孩子们拥有丰富的校园生活，让校园充满灵动与欢笑，是一代又一代支教人的目标。支教团成员发挥自身特长，组建社团、筹办广播站、成立学生会，他们在学校尽情挥墨，画的是地大的色彩，美的是龙江、黄陂的校园。

支教团成员在龙江十年磨一剑，在校方的积极协助配合下，组建了龙江中学青年志愿者协会、广播站、话剧社、街舞社、摄影爱好协会、吉他协会、文学社、舞蹈、合唱团九大社团；并在龙江校园开展丰富的社团活动，组织各类比赛、晚会，活跃校园文化，给龙江中学带来不一样的色彩。为龙江校园绘上了从未有过的风景。

第六届研究生支教团成员郭晓伟在大学期间担任了四年的校广播台播音员，在学校也担任过各种类型活动的主持人，来到龙江中学，他发挥个人特长，用了近一个月，拟写了一份《关于成立龙江中学播音主持社的意见书》并提交给校方获得批准，随后，他凭借自身才干和大学期间丰富的工作经验，在一周内完成新社员遴选与培训、广播模块的确立、资料搜集、录制等工作，在他的不懈努力下，龙江广播站得以开播。

下一届支教团成员学习借鉴了前辈在龙江的工作经验，在宁都黄陂中学开展支教工作的第二年便帮助校方筹建了校园广播站、学校学生会。广播站丰富的内容、贴近同学的声音，得到了老师和学生们的一致认可。"本来只想锻炼一下自己才加入广播站，没想到竟然爱上了这里，一间破破的屋子成为了我们的第二个家。"熊晨靓是黄陂中学八年级的学生，成绩优异，多次考取年级第一名。新学期伊始，她听说广播站招新的消息后，怀着激动和憧憬的心情领取了报名表，在报名表中写下了自己的梦想：用我的声音，给大家带来青春的正能量！

冬日的阳光下，熟悉的广播在耳畔响起，她翻看着我们赠送给她的《最美的散文》，阳光似海，温暖如花。

龙江中学建校30周年庆典上演出

支教团指导并参与话剧社演出活动

听山谷风

——记中国地质大学（武汉）研究生支教团

宁都黄陂中学"青年之声"校园广播站成员合影

支教团组织的乌镇中学第一届学生篮球赛

支教团组织龙江中学学生开展校外素质拓展

书香公益

读万卷书，行万里路。知识是人类武装头脑、寻求发展、实现理想最直接的方式。我们获取知识的最直接方式就是阅读图书。然而我国的人均纸质图书阅读量是非常低的，2015年统计人均为4.58本。不及许多国家的1/10。也许对于大部分有经济实力的人群来说，图书只是一种商品，但是对于山区孩子来说，这是他们改变自己命运最渴望的稻草。

除了课堂教学，数十年以来，研究生支教团一直将提升全民阅读量作为工作的重点，通过社会募捐的方式为支教服务地的学生筹集了上万册图书。通过建设小型图书室、班级图书角，开设阅读分享课的方式，为山区的孩子们开启阅读的乐趣。

2016年，地大第十一届研究生支教团将书香公益落地黄陂中学，孙宇涛作为主要的参与者，回忆起图书室建设过程，说到"我主要负责学校图书馆建设，在其他4位小伙伴的协助下，我们用三个月时间完成了30 000余册图书的分类整理，对3000余册未粘贴标签的图书按照图书分类法进行了分类，用了一个月的时间向学校师生开放借阅，期末又用了一个月的时间将借出的书籍收回。"孩子们的阅读积极性很高，支教团的成员利用自身专业技能，建立了图书管理系统，对于书籍采用信息化管理，便于同学们借还。这也许就是知识的传递，智能化的管理为孩子们带来幸

人手一本图书

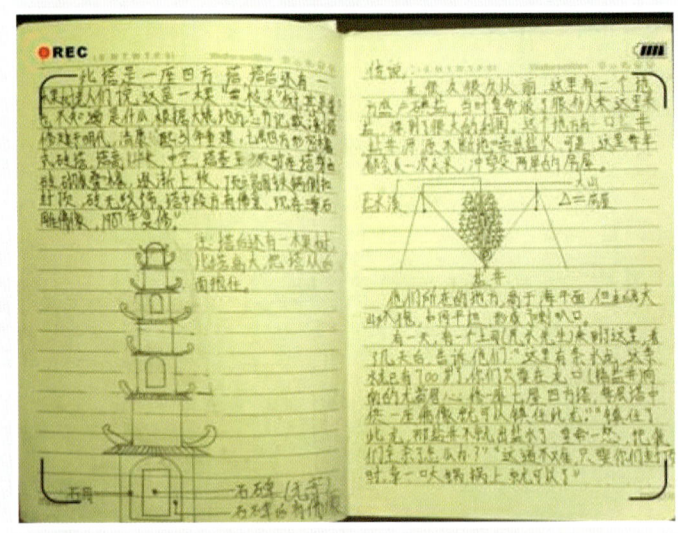

学生撰写的寒假社会调查笔记

福的明天。

在云南，地大第十一届研究生支教团云南分队也在积极地规划并完善一个计划——楚烛计划，募集资金5460.9元，募集书籍723册，共建立了6个书库，总价值20 000余元。覆盖楚雄龙江中学初一5个班级和高二1个班。另外设置了"楚烛读书奖"，奖励给热爱读书的学生（发放了两次，共发放图书60册）。该工作得到了当地校领导以及家长的诚挚感谢。

鸟欲高飞先振翅，人欲上进先读书，研究生支教团希望通过阅读为孩子们传递知识、拓展视野、塑造理想、改变命运，通过书香公益播散开梦想的种子。

研究生支教团正在清理社会募捐书籍

七彩小屋

为贯彻落实党中央书记处的重要指示精神，推进"共青团关爱农民工子女志愿服务行动"深入实施，不断加强阵地建设，整合各类社会资源，推动"关爱行动"深入发展，在广泛征求各地志愿者和农民工子女意见的基础上，2011年起，团中央在全国推广建设"关爱行动"阵地——"七彩小屋"。

龙江中学是一所完全农村式中学，附近绝大多数青壮劳动力都在周边省市打工。全校共1865人，其中留守儿童约占27%，大约430人。

中国地质大学（武汉）第八届研究生支教团响应团中央号召，于2012年1月，在龙江中学正式建立七彩小屋。并制定了较为完善的《七彩小屋活动制度》《七彩小屋管理制度》，保证每次活动的开展有记录，保证活动的参与对象有收获，保证小屋的基础设施得以发挥更大的作用。第八届研究生支教团成员根据龙江中学不同年龄段学生的需求，组织开展七彩圆梦课堂，课程设计囊括艺术培养、品味书籍、自护教育、学业辅导、亲情陪伴、心理辅导、法律援助等多个不同领域，旨在为学生打造一个艺术乐园、阅读天地与守护港湾。

"七彩小屋之品味书籍"，利用演讲、朗诵等

七彩小屋之音乐课堂

形式提高学生的表达能力，引导学生在实践中自主地获取知识，开发学习潜能；"七彩小屋之琴声飞扬"，通过教授基础乐理知识与电子琴课程，培养学生内在的艺术细胞、艺术情怀与审美鉴赏力；"七彩小屋之心心相印"，以班级授课纵向推进，向学生普及心理健康知识，提高心理素质，以传递"悄悄话"（一对一心理疏导）横向发展，在谈心交心中为学生解答成长困惑，排忧解难；"七彩小屋之妙笔生花"，凭借美术鉴赏与手绘课，开发培养学生的观察能力、审美能力、动手能力和创作能力。

七彩小屋，七彩之家。在文化、艺术资源较为匮乏的农村地区，它在提高学生的审美情趣、身心素质方面起着极大的推动作用，也让生活在大山深处的学生、留守儿童深切感受到国家的关爱与社会的温暖。

当我们真正走到基层，走近学生，当我们从学生变为老师，从台下走到台上，我们感受到角色转变的不易，体会到基层工作的艰辛，明白了这一份份关爱力量的绵薄，但是也真切感受到大山里的孩子对知识的渴求和对梦想的不懈追求，七彩之家让生活在大山深处的学生能深切感受到社会的关爱和温暖，我们也同样希望他们燃起的七彩梦想能在七彩小屋里绽放。

和学生们谈心交流

记中国地质大学（武汉）听山谷风 研究生支教团

支教之外 生活之中

记中国地质大学（武汉）听山谷风研究生支教团

有一种生活 你不曾经历

在支教团中一直有这么一句口号：用一年不长的时间，做一件终生难忘的事。对于团队成员来说，难忘的不仅有家长期盼的眼神，孩子们纯真的笑脸，还有这一路走来的酸、甜、苦、辣，有艰险，有苦涩，有感动，有成长。

2015年10月11日 星期日

佳宁被隐翅虫爬过脸，被爬过的地方在脱皮，吓得我们赶紧去买了瓶杀虫剂。佳宁的朋友圈写到：10月11日，今天下午我照常去上课，感觉下巴又痒又痛，以为是蚊子咬的，我没在意。等到晚上，下巴火辣辣的痛，一照镜子才发现下巴上有一道4厘米长的伤痕，问了好多人，才知道是被隐翅虫蛰伤了。听说这种虫子毒性很大，不知道会变成什么样，我去街上买了一罐莫匹罗星软膏，花了我26块钱，相当于一天的补助了。

心疼王老师。

2016年1月1日 星期五

现在是凌晨五点，不要问我为什么五点写日记，因为太值得纪念了。

元旦放假，整个校园内只剩下我们三个人，显得落寞又冷清。

今天晚上应该是地大最热闹的夜晚，元旦嘉年华、元旦晚会、零点升旗、通宵电影……

近零点，和地大一起倒数，三个人大喊"元旦快乐"。

新的一年，应该会有个好梦吧。

凌晨五点，被什么划了一下，还有爪子，刮破了我的脸，微微犯痛，我想我可能是在做梦。没想到旁边的王老师从梦中惊醒，"有老鼠！"吓得我也赶紧坐了起来："不是吧，那我刚刚不是做梦啊，老鼠从我脸上爬过去，真的破相了"。

这觉没法睡了……

——摘自第十一届研究生支教团黄燕霞的支教日记

有一种信念叫坚守

不只是他们,历届支教团也都有他们的艰辛。当困难来临,坚守是他们共同的信念。

第五届支教团成员刘芳雅,她在支教期间,遇到了2010年的云南大旱,基本的生活都难以保障,可她并没有像小女生一样唉声叹气,而是在教学之余,通过网络募集到30 000余元的善款,在服务地修建了4个水窖,完工之后,每个水窖可以解决30户人家的吃水问题。

第十届支教团成员李薇,由于当地长期湿潮,她的两只耳朵里居然长出了"蘑菇"!好不容易抽出时间请假到县里医院检查,结果从耳朵里掏出花生米大小的菌丝,后来等服务期结束后,她回到家乡医院又做了一次仔细地检查,发现菌丝几乎快将两只耳朵给堵死了。

还有第四届支教团成员祝艳波,支教期间,他的腿上长出了一个肿瘤,亲友同事都劝他赶紧去大医院检查,教学事务先放一放,毕竟服务期还有那么久,无论如何身体要紧。但是他在没有被确诊是良性还是恶性的情况下,依然咬着牙坚守在支教岗位。

不管环境多么艰苦,我们一直坚持了下来,只因那里有爱,那里需要我们。

天天土豆 顿顿土豆

宿舍环境

正在打饭的学生

没有餐桌 席地而坐

车棚改造的一个"大型宿舍"住着上百个孩子

黄陂中学里简易的乒乓球桌

■ 有一种收获叫珍惜

　　这里的孩子生活和学习环境都十分艰苦，他们不像城里富裕家庭的孩子，有各种各样的玩具，有穿不完的漂亮衣服，有吃不尽的美味零食，甚至连爸爸妈妈一年都很难见上一面，但他们比谁都更懂得生活的不易，学习的可贵。一年的时间，他们更像是我们生活中的老师，教会我们独立与乐观，感恩和珍惜。

母亲水窖

研究生支教团的成员们来到支教地，扎根这里，这儿就是他们的第二个家。同当地人一样，他们也深爱着这个共同生活的地方，当灾难来临，他们义无反顾奋斗在第一线，努力为这个家做一些力所能及的事情。

2009年末云南遭遇特大级干旱，据云南省政府预测，次年3月、4月、5月全省饮水困难群众将分别达到792万人、951万人、1014万人。

这个共同的家正遭遇着莫大的困境，他们的支教服务地——云南楚雄，世世代代生活在那里的人们正面临着严峻的旱灾。没有了绿油油的庄稼，满目望去一片荒芜，人们正常的饮水都成为了困难，孩子们也没有了往日的欢声笑语。

第七届研究生支教团的刘芳雅以及其他3名成员迅速行动起来，一方面积极参加团市委组织的抗旱送水志愿服务活动，帮助有困难的群众解决生活用水问题。另一方面，他们还通过网络向社会爱心群体募集资金，在当地修建水窖。据统计，共募集资金30 000余元，在楚雄中山镇六街乡修建了4个水窖，每个水窖可以解决30户人家的吃水问题。

正是这样一群最可爱的人儿，在这里书写生命中最鲜活的色彩。

研究生支教团成员参加团市委组织的抗旱志愿者活动

始于2009年末的云南特大级干旱

怎样的眼神

参加抗旱送水志愿服务

暖心空巢

有这样一个群体,他们亲人不在身边、形单影只,他们年老体衰、生活不便。他们有一个共同的称呼——空巢老人。

据了解,支教服务地江西省宁都县不仅是人口大县,更是老年人大县。该县辖管24个乡镇,截至2015年,总人口达82万,其中60周岁以上老年人更是高达

与龙江中学志愿者一起开展敬老院志愿服务活动

10.8万人,占全县总人口的13.2%。关爱老人、尊老敬老是中华民族的传统美德,近年来,宁都县修建了大量敬老院,着力让老人过上更好的生活。

没有比家更暖的地方。尽管敬老院在一定程度上解决了老人的生活问题,但终究缺少一种家的感觉。支教团的成员们利用空闲时间,多次走访敬老院,帮助老人解决一部分生活问题,同时也带去晚辈的关爱。

没有比妈更暖的称呼。母亲节的那天,支教团成员一行来到杨屋颐老院,给"母亲们"带去鲜花,和她们一起包饺子,一起度过这个伟大的节日。不仅如此,他们还不定期带领学校的孩子们一起看望老人,传承"孝老爱亲"的美德。将品德教育从课堂延伸到校外。

当被问到为什么会带着学生去敬老院开展活动时,他们的回答非常质朴"我们来到这里,这里就是我们的家,陪他们就像陪自己的爷爷奶奶一样,在让他们感到温暖的同时,也缓解了我们对家的思念"。

母亲节为宁都县敬老院老人献花

爱心浇灌 花蕾绽放

听山谷风
——记中国地质大学（武汉）研究生支教团

图片来自腾爱网站

支教筑梦助学金发放

发放棉衣

记中国地质大学（武汉）研究生支教团

听山谷风

■ 捐资助学　用微小的力量撑起孩子瘦弱的身躯

2005年，我校第一届研究生支教团的4名成员和服务西部的2名志愿者从他们每月不足600元的补助中凑齐1400元，将这笔钱定点捐赠给了家境贫困、成绩优秀的13名特困生。

从那时开始，捐资助学的接力棒在地大支教团成员的手中平稳传接，从未间断。

第四届支教团针对龙江中学贫困学子，通过网络公益组织等募捐约6000余元，资助贫困学生30余人。

第七届支教团成员成立了"通信工程—龙江英才奖学金"，借助母校的力量，实现了地大075113团支部与3名贫困学生的长期对口援助。此外，还联

记中国地质大学（武汉）**听山谷风**研究生支教团

合龙江中学志愿者开展"公益赶集"，通过义卖所得设立奖助基金，为学校部分困难学生购买学习和生活用品。同时，支教团联合社会力量，与深圳市中信银行总部共同募得10万元救助物资，资助奖励贫困生达500人次。此举被共青团云南省委网站、楚雄州人民政府网站、楚雄市人民政府网站、楚雄市教育局网站、共青团楚雄市委网站相继报道，受到当地各界广泛好评。

第八届支教团成员利用传统媒体及新媒体，及时发布公益求助讯息，积极联系社会爱心捐助，设立"地大支教筑梦助学金"，对9名贫困学生开展长达3年的长期资助。当他们了解到有一位身患尿毒症的孤儿因病辍学，除了帮助他通过民间志愿者组织积极筹措医疗费，还联系了多位有爱心的医学专家，帮助他逐步走出生理与心理的伤痛。

校团委姜明敏老师代表校团委党支部向受助同学颁发花蕾助学金

从第十届支教团开始，为了更好地开展西部地区留守儿童帮扶工作，地大项目办与地大教育发展基金会联合推出"花蕾助学——留守儿童成长助力计划"，通过官方途径设立"花蕾筑梦基金"（针对江西宁都革命老区红军后代发起"小红苗"关爱计划），中国银行等更多的社会爱心企业加入到了支教团的长期资助行列。与此同时，在学校的积极带领下，学校各级党支部、团支部纷纷加入到定点扶助的行列，一个支部对接一个孩子，一个教职工家庭对接一个贫困家庭，地大师生已成为这些孩子们的护花使者，用集体的力量帮他们撑起梦想的天空。

爱心包裹 用社会的暖流冲抵孩子们心底的寒凉

为解决支教服务地教学、生活物资匮乏的状况，研究生支教团发起"冬日暖阳，爱心传递"项目，利用各种信息传播渠道面向社会公众募集爱心包裹。

第四届研究生支教团针对龙江中学贫困学子，通过网络公益组织募捐新衣服1200余件，课外读物300

同学们排队领取物资

支教团成员在整理捐赠的衣物

余册、新华词典50余本，文具3000余套，体育用品200余套。

第六届研究生支教团在百度建立了"暖衣吧"，短短3个月就收到了150个爱心包裹快递，向社会爱心人士募集了价值10万余元的衣物、文具和体育用品。

第七届研究生支教团通过微博、微群、贴吧展开了一"圆"计划，倡导爱心人士用一元钱、一支笔、一件衣服，帮助龙江中学的孩子"圆"一个梦想。同时，与广东省慈善总会合作募集图书2500余册，建立了龙江中学爱心流动图书馆。

第十届研究生支教团在即将赴江西宁都开展支教服务前，通过学校毕业生委员会面向毕业生开展毕业物资回收活动，募集衣物、书籍、文具等各类物资2000多件，用地大学子的公益热情除去赣南山区的湿冷。

欢乐的期末合影

■ 倾情陪伴　用真情伴随他们快乐成长

对于长期缺少父母关爱的留守儿童，陪伴对他们而言超越了所有外在物质的需求，研究生支教团的成员用父母、兄长、朋友的角色帮助他们走出孤独的阴霾。

从第一届研究生支教团开始，家访成为了支教团成员的一个传统，不管教学任务有多重，路有多难走，他们都会每个星期定期走访一至两名学生的家庭，看看他们的生活境况，聊聊他们的人生困惑，带去爱心人士捐赠的物资，帮助家里老人干干体力活，陪着孩子和老人像家人一样围在一起吃顿饭，把孩子搂在怀里擦干因思念爸妈流下的眼泪。这些看起来简单却又

研究生支教团成员前往"小红苗"受资助学生家中开展家访

为在留守儿童之家的孩子们带去爱心

不简单的细节，却成为了他们之间最美好的回忆。

第十届研究生支教团江西分队的成员为了丰富孩子们的学习生活和业余生活，组织了"金兰赛""辩论赛""元旦联欢""端午小party""撕名牌"等活动；为了给孩子们庆祝六一儿童节，他们和留守儿童一起排演了朗诵节目《妈妈的画像》。为了让孩子们学会自我保护，他们在班上举办了未成年人保护法宣讲活动；为了让青春期敏感的孩子们适应发育期生理的变化，他们用小组课的形式教授他们正确的生理卫生知识。

黄陂中学师生和历届研究生支教团成员代表相聚地大

童梦游学
用城市互访拉近梦想的距离

随着"花蕾助学——留守儿童成长助力计划"在支教服务地的全面展开，2016年在学校的大力支持以及楚雄、宁都两地教育部门、共青团组织的全力配合下，"童梦游学"活动得以启动，地大团委每年定期资助支教服务地品学兼优的贫困学生来到武汉参加游学活动，"让山区的孩子走进城市，走进大学"这个让研究生支教团成员们一直不断为之努力的梦想终于实现。

2016、2017年，连续两年，黄陂中学、龙江中学共5名长期受"花蕾助学"资助的优秀贫困学生在学校老师和研究生支教团成员的陪伴下来到武汉，用充满欣喜的眼神打量着这座陌生的城市。高校游历、城市略览、素质拓展、志愿分享，仅仅一周的时间，支教服务地的孩子们收获满满。

走进武大、华科、地大等历史名校，孩子们透过博物馆、图书馆、实验室、教室、宿舍、食堂全面体验大学生活；游览湖北省博物馆、武汉科技馆、东湖绿道、极地海洋世界，孩子们感受到现代都市的魅力；

听山谷风 研究生支教团
记中国地质大学（武汉）

素质拓展基地的团体训练，让孩子们在地大志愿者的带领下感受到了集体的关爱和克服困难带来的自信；"12.5志愿服务故事分享会"，孩子们带着他们和地大研究生支教团的故事登上舞台，和千余名地大师生温情地分享他们的感动和感谢。

童梦游学为山区的孩子们打开了新的视窗，开拓了视野，丰富了见闻，也为他们的未来呈现了更多的可能，支教不应仅仅局限于知识的传递，更应立足于思想的延伸和梦想的激发。

龙江中学师生与地大研究生支教团相聚地大

第一次在武汉过生日

素质拓展，挑战自己！

走访武汉大学

来自花蕾的感谢

五年来,"花蕾助学计划"帮助了很多生活在困境里的孩子们,他们有的是父母双亡的孤儿,有的是常年无人顾及的留守儿童,有的是身体病弱甚至残缺的特殊儿童。他们背负的艰辛比同龄孩子要多得多,所幸他们并没有放弃,而是咬着牙自信地活着,更难得他们拥有一颗善良、懂得感恩的心。对那些帮助过他们的哥哥、姐姐、叔叔、阿姨,孩子们会时不时以书信的方式表达他们的感谢,会透过文字传递他们乐观生活的决心。孩子们,加油!成长的道路不管有多么坎坷,我们会一直守护在你们身边,陪你们微笑着成长。

感谢信 甘吉敏

感谢信 邱棉棉

记中国地质大学(武汉)听山谷风研究生支教团

爱暖 | 志留纪
SILURIAN

艳阳普照的志留纪，早已消却了震旦纪的无尽冰霜，充满活力的生命从海洋来到陆地，一片灿烂、一片盎然。一届届支教人在支教地播撒下爱的种子，耕耘爱的希望，支教任务完成，我们终将离开，当他们最后一次站在校门口的那条路上，蓦然回首，却总被灯火阑珊处那一个个熟悉的身影，湿润双眸。正如志留纪的名字一样，身虽离去，志愿精神必将永存。暖暖的志留纪，永远的爱，温热的心……

此去经年
恩师珍重

听山谷风

——记中国地质大学（武汉）研究生支教团

孩子们，我很想和你们来一场表白

一年的时间能做什么？可以在大都市里享受安逸的生活，可以找个女朋友谈一场轰轰烈烈的恋爱，而我选择来到宁都这片红色沃土，纯粹地当一名志愿者，当一名山区教师。从对于三尺讲台的陌生，到现在的熟能生巧，感谢你们的包容与陪伴！当上班主任，我就像你们的家长，操心你们的成绩，了解你们的各种情况，极尽所能地陪伴你们的成长，调皮捣蛋的你们让我又好气，又心疼，对你们再严厉，也从来没有想过抛弃和放弃，因为我们是打不散的一家人。

回想当初我们黑夜里打着电筒在考试前夕备战的情形，亦或是教室里的欢声笑语，课堂上的活泼互动，我便会暗藏不住自己内心的喜悦，就像一个父亲看着自己刚出生的婴儿，期待着陪同他一起长大，温馨而又踏实。

和孩子们的最后一张合影

停电上课

收到的第一封"情书"

我爱你们！我的孩子们。是的，我真的很想和你们来一场表白，虽然有时候我不是一个温和的老师，但是你们是我的真爱，你们每一个人的笑脸都让我记忆犹新，你们的每一次进步都让我感到自豪！

人生处处是风景，身处黄陂，感叹美好的青春，我们在这片蓝天底下一起成长，你们学习知识，我们奉献青春，你们长大，我们茁壮！

"艰苦朴素，求真务实"，地大校训一直激励着我，今天我想把这句校训留给你们，希望你们脚踏实地做人，乐观向上生活，虽然我即将离开，对你们的爱却不会中断，记住我们的约定，地大见！

——摘自第十二届研究生支教团黄威的支教日记

记中国地质大学（武汉）听山谷风研究生支教团

记中国地质大学（武汉）听山谷风研究生支教团

老师，我想对您说

离别总是最难忘的，相聚一年，却终要离开。每次读完这些来自心灵最美好的祝福，心里总会充满阳光。学生的语言是稚嫩的，却也是最质朴的，那些美好的回忆在这最温暖的语言里，愈发香醇。

也许岁月会将往事褪色，也许空间会将彼此隔离，但值得回忆的依然有我们的师生情。此日一别，不知以后能否重逢，但希望这份情能永恒。

您是第一个把我从网吧拖出来批评我的老师，也是第一个让我感受到被关注的老师，我会永远记住您说的"不抛弃，不放弃，抬头做人，低头做事"。

如果爱是一种财富，那么您就是一个富有的人。在过去的一年里，您留下了太多的感动。从繁华的城市走进西部地区，用一个刚刚毕业的大学生的肩膀，扛住了贫穷和孤独，扛起了原本不属于您的责任。您点亮了火把，温暖了我们的心。

与您相遇，是一种缘分，虽然我们在一起时间不长，但您教会了我许多东西，您不仅是我的老师，也是我倾吐心事的朋友，是一个关心、理解我的朋友。

时间如流水，短短的一年，在不经意间消逝了。在这一年里，我们共同生活、奋斗，愉快而又顺利地完成学业。在这里，我代表全班同学向您说声"谢谢"。以后的人生路还很长，无论您以后过得如何，都希望您记住我们，记住我们这段美好的回忆。

过去的一年都会变成亲切的怀念，失去的方知其可贵，我怀念着您带我们走过的分分秒秒，您讲课的语言悦耳亲切激昂，真想重返您的课堂。

老师，谢谢您在一年里对我们的照顾和支持，才让我们顺利度过一年艰苦的日子。您千里迢迢赶来，为我们铺下了希望的地毯，我只想说，您辛苦了。时间过得很快，老师作为志愿者支援西部教育，从老师身上学到不同的学习方法。终有一天也会踏入大学校门，老师带给我们的将是我们永久的财富。

老师：不知不觉已相处一年，在这一年里您给我留下了太多美好的回忆，我不会忘记这一切，我会永远记得曾有一位老师在我高一时走进了我的世界，教导我，帮助我，在我堕落、自卑时对我的鼓励。

记中国地质大学（武汉）

听山谷风

研究生支教团

致我亲爱的六（5）班

记中国地质大学（武汉）听山谷风研究生支教团

不是说人老了才会喜欢回忆么？为什么我这么年轻就开始了？这大概不是真的吧！且不管真假如何，对于一向随遇而安的我，就由着思绪纷飞，我自追随吧！

一年的相处，陪着你们一起成长，看着你们从青涩到成熟，而我们也从陌生到熟悉，这期间，有过很多泪水，有过很多汗水，但是此刻我脑子里闪现的更多的是欢笑，你们的欢笑，当然也有我自己的欢笑，而这样的欢笑依旧是来自于你们。我坚信在剩下的时间里，我们还能制造更多的欢笑，也希望你们能带着欢笑去迎接生活中的一切，不管你们面对的是美好，还是磨难！

我们的故事有很多，在这些故事里面，你们是我的主角。你们的一举一动都牵动着我的每一根神经，而我的喜悦与悲伤全都源自于你们。当你被黄蜂蜇到时，我是真的害怕了，为你受到折磨而害怕；当你打架斗殴时，我是真的愤怒了，为你不知悔改而愤怒；当你"顺手牵羊"时，我是真的为你养成恶习而耻辱；当你人云亦云时，我是真的担心了，为你不懂独立而担心；而当你书写端正时，我是真的高兴了，为你摆正心态而高兴；当你不乱扔垃圾时，我是真的自豪了，为你文明礼仪而自豪……当你学会自学时，我是真的欣慰了，为你不再疑惑而欣慰；当你知道换位时，我是真的兴奋了，为你懂得体谅而兴奋……看了很多电影，一直以为饰演主角是最累的，而与你们在一起的日子才让我深刻的体会到，作为一个配角，他所承受的悲欢离合，远比主角还要多，而所有的电影似乎有意隐藏了这一点，却隐藏得如此巧妙，以至于瞒过了我们每一个人。

故事再长，也终会散场。更何况我们能够在一起演绎的时间实在太短，奈何时间又如此匆匆，就像我们一起学过的《匆匆》中所说，等我睁开眼和太阳再见，这算又溜走了一日。但是，在逃去如飞的日子里，在千门万户的世界里，你们和我能做的确实有很多，我们可能会徘徊，可能会匆匆，但是我们千万不要忘记：慢慢走，欣赏吧！

欣赏生活中的美好。从你们来到这个世界上，直至此时此刻，可能已经经历过了一些事情。当你们不会说却能听的时候，听着这个世界如此复杂的语言，可能会觉得自己永远也学不会，但是当你们清楚地吐出第一个字的时候，你们还记得当时那种和语言一样复杂的心情吗？兴奋、美妙……当你们不会写却能说的时候，看着这个世界如此复杂的汉字，可能会觉得自己永远也学不会，但是当你们端正地写出第一个字的时候，你们还记得当时那种和汉字一样复杂的心情吗？好奇、自豪……当你们在生活中接触到很多陌生的东西、遇到很多生疏的事情的时候，请不要害怕，因为这一切的发展，都将与你们学习语言和汉字一样，从自认为的天方夜谭到事实上的触手可及。所以，永远也不要低估你们自己的实力！

欣赏生活中的磨难。我们始终要看到生活中美好的一面，但是我们永远也无法阻止生活赐予我们的磨难。如果有一天，我们真的与这样的磨难不期而遇，也不要害怕，并非我这么说，我们智慧的老祖宗早就

感谢回忆里有你们

越是临近七月，越是浓浓不舍。来之前，我告诉自己：岂能尽如人愿，但求无愧我心。现在，我想说：那群或是活泼、或是内敛、或是飞扬、或是稚气的孩子们，谢谢能给我机会伴着你们生活，谢谢能给我时间看着你们成长，谢谢你们能陪着我成长。

磕磕绊绊，终于变成熟练工。初来乍到，万千的不适应：辣辣的菜，不放盐的汤，说变就变的天气，下雨一定会打雷，满屋子的虫虫，各种乡村"萌物"，从衣服、背包、被子、枕头、拖鞋到水杯、电脑甚至自己都会长毛长霉的秋天……太多的不适应，现在都能面不改色、泰然处之。第一节上课，就跟你们讲了很多你们听不懂、不明白的所谓大道理；第一次听课，才发现自己讲的课太空泛，要用你们的语言教你们知识；第一周上课，总是很胆怯，要在自己脑海中演练多次，才敢上去给你们讲；第一次月考，胆战心惊地改完你们的卷子，然后安慰自己，幸亏没垫底……

踽踽前行，感谢你们喜欢我。你们说，最喜欢数学老师的课，因为老师总是讲些不一样的东西。还记得，说到大学的宿舍上铺下桌，你们说：那这样晚上下了自习就可以在桌子上写作业了；说到大城市交通比县城方便，你们说：老师，我还没去过县城呢；说到考到好高中就一脚抬进了大学校门，你们说：那高中三年呐，脚就要抬酸了……虽然我上课总是教育你们：这世上聪明的人很多，但是勤奋的人很少，你们要勤奋。但是说实在的，六年级的你们勤奋到让我惭愧。你们有些通校生，晚上回去还学3个多小时，快12点才睡；我常听到和你们混合寝室住的别班同学说，你们好多住校生一回寝室就趴在床板上写作业、预习课文，到熄灯了才摸黑去洗澡。虽然我会对着你们乱七八糟的卷子调侃：你们是祖国的未来？看着你们这样，我挺为祖国未来担心。但是我必须承认，你们这些孩子们，谦逊宽容而且有情有义，有些孩子，懂事得让人心疼。"红日初升，其道大光""乳虎啸谷，百兽震惶""鹰隼试翼，风尘翕张"，祖国的未来有你们真的很好。记得我说：数学老师其实对你们不好，总是批评你们。你们那几个调皮的坏小子站起来认真地大声说："老师，你批评我们，我们也喜欢你。"那一刻，很抱歉我冷场了快三分钟，我，很感动。王老师总喊你们"宝宝"，我想，你们是这世上最可爱的大宝宝们了。

当我装满行李回到故乡，我的余生将永远回忆这个南方。

——摘自第十一届研究生支教团宁可的支教日记

再见了，我的"123"

——记中国地质大学（武汉）研究生支教团

邹蔚鹤正在开主题班会

洁白的云朵缓缓地划过窗外秀气的山峦，阳光拂过窗檐洒在课桌上，考场里每一个熟悉的身影在争分夺秒地答题，想起这些小家伙平时活泼捣蛋的样子，日常的点滴一点点浮现，鼻头一酸，眼里起了一层薄薄的水雾，已经快一年了，到了该说再见的时候了。

记得刚到这里，脚跟还没站稳就被学校任命为123班的班主任，从来没当过老师的我一下子要管理一个班，欣喜与不安混杂在一起，怕做不好给地大研究生支教团丢脸，更怕自己没经验误人子弟。开学前，我找到了自己的高三班主任和龙江中学有经验的年级组长，通过他们了解了高中班主任的工作职能和管理方法。

经过半个月的准备，我怀着忐忑的心情终于迎来了第一次班会，学生们惊讶地盯着讲台上和他们年纪相仿的我，一时陷入尴尬。我努力地深深吸了一口气开始了我人生中时间最长的一次自我介绍，半个小时的时间，我详细讲述了从小学到大学的所有经历，他们会被我的很多糗事逗得哈哈大笑，也会为我自认为的"成就"热情鼓掌。我的主动"坦白"成功地打开了大家的话匣子，一个接一个讲起了他们的故事，一次轻松的交流终于让我从"邹老师"变成了"邹哥"。

回过头来看一年的时间，我和"123"们经历了很多，我们一起顶着烈日帮助学校完成了新教学楼的搬迁；我们一起经历了300多个伴着早读的晨曦和与书本为伴的夜晚；我们完成了从年级成绩倒数第二到正数第三的逆袭；我们度过了一个又一个充满欢声笑语的班会。感谢你们给了我人生中最快乐、最丰富、最满足的一年；感谢在我焦虑、彷徨时你们留在我办公桌上的小卡片；感谢你们在QQ里的温情"告白"，让我看到了自己的价值。和你们的质朴和努力相比，我做的还远远不够，我还没有把你们每一个人的家里走到，更没有办法在你们需要我的时候陪在你们身边，曾经，我认为一年好长，现在，却觉得一年真的太短，太短。

孩子们，真到了说再见的时候了，但请相信"再见"不等于不见，它不会成为我们缘分的终点，而是开启我们各自旅程的新起点。请你们记住"邹哥"，记住你们曾经对我许下的承诺，记住我们123班的口号"让学习成为一种习惯"，记住我们的约定"武汉见"，邹哥会在地大等你们！

——摘自第十一届研究生支教团邹蔚鹤的支教日记

十年一曲梦　一生一份情

每一次告别都充满了不舍，说是有缘再见，可彼此心里都明白，怕是此生真的难以再见。

马丽娟，她却来了，来到了地大。

龙江中学的学生大多比较贫困，学校师资队伍不稳定，教学水平落后。两名研究生支教团成员带着满腔热情来到龙江中学支教，同时带来了新的学习方法、思维方式和最新的政策。他们像细雨，默默滋润着那一朵朵渴望知识的花，但他们不知道的是，花的心底里也悄悄地埋下了梦想。

> 时隔十年，一切却仿若昨天，清晰可见。记得在操场上的早自习，和两个新老师一起，一遍又一遍大声读英语；记得那一节节有趣的生物课和让人迷惑的数学课；记得放学后和老师一起玩耍的日子……感情日益深厚，梦想也开始发芽，多么希望自己可以和他们一样啊。中国地质大学（武汉），那个心之向往的学府。
>
> ——马丽娟

马丽娟，正是当时支教团曾教过的学生之一，高考填志愿，马丽娟毅然填报了中国地质大学（武汉），这个无数次憧憬的学府。而她也如愿以偿，真的来到了这个地方，成为体育部的一名新生。在地大，她认真学习的同时，还加入了"山铭志"社团，通过社团活动，足迹遍布中国大部分省份，还参加了"7+2登山"运动，成为珠峰队的队员，同时征服过科休斯科峰……此外，她还组织开展了帮助江岸区辅读学校的活动，在那里教孩子们舞狮等集体体育项目等。

在地大，她读完了本科，又读完了研究生。毕业之后，却又选择通过"西部计划"回到西部。

马丽娟进行滑翔伞训练

> 作为一名曾经的受益者，如今再次回归。我用十年来磨砺，只为一个梦；我用一生来报答，只为一份情。
>
> ——马丽娟

采访者：你觉得一路走来感受最深的一件事是什么？从西部来又回到西部，其中有什么影响到了你，为什么没有去往更发达的地方？

马丽娟：如果你真的是人才，回到更需要你的地方，会更容易实现自我价值。我追求的不是经济和利益最大化，我想追求的是学生和老师之间的教与学的过程互动，我比较享受这一点，因为从大四开始，一直不间断地做老师的助教，也比较适合做老师，我只是选择了自己喜欢的东西。

她从西部来，又回到西部去。地大，是这美好故事的见证者。

听山谷风　记中国地质大学（武汉）研究生支教团

一纪年华，静待花开

记中国地质大学（武汉）听山谷风研究生支教团

在中国地质大学（武汉）计算机学院计算机科学与技术专业2017级新生中，有一位很安静腼腆的女孩，她叫王静。安静的她却牵动了地大63名学子的心，在外工作的地大学子纷纷赶回母校只为见她一面，因为她来自一个承载了地大63名学子最深刻青春印记的地方——云南省彝族自治州楚雄市龙江中学，中国地质大学（武汉）研究生支教团对建学校，是的，她是地大学子的学生。

王静的初中是在龙江中学度过的，在她的印象中地大研究生支教团的老师到来之前的龙江中学老师不多，除了基础课程的教学，几乎没有开设其他的兴趣课程和社团活动，学习生活紧张而又单调。地大研究生支教团的初次到来让龙江中学的学生异常好奇，很年轻，有活力，又帅又美。

王静接受地大第四纪传媒访问

在研究生支教团的努力争取下，龙江中学学生会成立了，王静是第一批加入学生会的学生干部，和研究生支教团老师的接触也变得更为频繁，第八届研究生支教团的赵江作为学生会的指导老师对王静的影响是最大的。学生组织从无到有的过程很艰难，赵江老师平时除了上课，基本上所有的时间都和学生会的同学们在一起讨论各类活动的开展，为了筹备一场活动，筹建一个社团，赵老师绞尽脑汁，几乎每天都要忙到深夜。青年志愿者协会、广播台、合唱团、舞蹈团慢慢成立了，学校的各类文体活动也逐渐多了起来，学生们课余不再死气沉沉，操场上，教学楼前孩子们欢快的身影，轻脆的笑声让研究生支教团的成员们幸福满怀。

在赵江老师的鼓励下，王静以优异的成绩考上了楚雄一中高中部，在支教期满即将离开时，赵江给王静留下了手机和QQ号，再三嘱咐她一定要考上大学，走出云南去看更远的风景。刚入高一的王静因初中底子弱，英语成了短板，一筹莫展的她，第一时间想起了赵江老师，赵江知道了王静的情况后给她想了很多办法，通过QQ督促她背记课文，帮她养成好习惯，经过一段时间的坚持，王静的英语成绩有了很快的提升。高二时，因为一场病，王静休学一年，情绪波动很大，赵江经常打电话帮她把负面的情绪宣泄出来。高考过后，王静查分后第一个通知了爸爸，第二个便通知了赵江，在选择报考专业时，赵江帮王静结合自身优势和劣势分析了学校和专业，最后选择了计算机学院，当王静查到被地大录取的时候，第一时间将这个消息告诉了赵江，终于，地大与楚雄连成一条直线，相聚地大，不再是一句期盼。

王静的到来实现了地大研究生支教团十余年来近74名志愿者的梦想，在接受校媒体采访时王静也表达了对地大研究生支教团学长学姐们的感谢，她动情地说道："支教团对我的意义，最贴切的说法大概就是，没有他们，就不会有现在的我，我也许不会那么想走出云南，不会那么想要把自己变得优秀，去往更广阔的天地，我大概不会来地大，不会选择现在的专业，当然，也不会坐在这里。如果这个世界上有那么一个人，他不求你的回报，却在你需要的时候义不容辞，对我来说，那个人就是赵江老师，而我所认为的支教精神，大概最核心的便是，我全心全意希望你更好，不求任何回报，这是我从赵江老师，从地大支教团身上汲取到的支教的意义。有很多人会问我，以后会不会也投身支教事业，我的回答是肯定的，其实，在我看来，支教是奉献的一种形式，不管今后我能不能加入他们，那种无私的奉献精神，在我对身边同学的包容理解中，在对陌生人一个友善的微笑中，我想我已经领略到了。这种精神让我更加认同自己，也让我的世界更加干净纯粹。"

是的，研究生支教团的付出是不求回报的，只希望通过自己微小的力量去传递更大的能量，哪怕这一丝微光不能点亮每一个山区孩子的未来，只要能照亮一段前行的道路，就是对支教团最大的肯定。

团聚黄陂之家　书写青春芳华

记中国地质大学（武汉）听山谷风研究生支教团

2018年5月，第十六、十七、十八届研究生支教团江西队的13位成员乘上列车，齐聚黄陂中学，再续师生情缘。

疾驰的汽车赶不上思绪的远飞，学校的教室、操场还有那一张张熟悉的脸都浮现在眼前，思念泉涌。终于，汽车到站了。踏进校门，空气是那么的熟悉，清脆的上课铃声响起轻触心间。晚上的黄陂中学操场上欢声笑语不断，间或夹杂着一些想念的抽泣声。我们与学生们一起朗诵以前教过的诗歌，一起唱起相聚与送别的歌，从学业成绩谈到欢喜忧愁，从往昔岁月谈到满怀憧憬的未来。我们还为每一个学生准备了一份礼物，一个印刻着黄陂站开向梦想站车票的档案袋，袋子里装满了所有老师的期望，希望孩子们可以心怀梦想，行向远方。

学校举行了升旗仪式，伴随着雄壮的国歌音乐声，五星红旗冉冉升起。在同学们热烈的掌声中，13名支教老师走向主席台，正式开始了这次团圆之旅。首先由学生代表九（1）班学生廖茜发言，作为和支教团一起进入黄陂中学的学生，廖茜首先代表全校同学对所有支教老师的到来表示热烈欢迎，接着她回忆了和四届支教老师们一起相处的点点滴滴，情意满满。

第一届研究生支教团的队长彭少龙做了代表性发言。首先对黄陂中学的热情接待表示了感谢，并对黄陂中学老师及同学们表达了真诚问候，为黄陂中学四年的变化发展点赞。其次他代表研支团表达了对同学们的期待：第一要认真学习，以优异的成绩回报父母和祖国；第二要加强运动，以强健的体魄迎接未来的挑战。最后，表达了对黄陂中学未来

重回黄陂

的美好祝愿。黄陂中学的杨文富校长对前三届研究生支教团老师们的到来表示热烈欢迎，同时对这四届研究生支教团的工作热情和能力给予了高度评价。勉励全校学生要以他们为榜样，以"博学笃行，明理感恩"的校训精神为追求，以实现中华民族伟大复兴的中国梦为理想，脚踏实地认真学习，仰望星空追求卓越，立志成为国家的栋梁。

过去的三年里，每年支教老师都会与黄陂中学经历一次离别，尽管心里千万个不愿意，但终究还是逃不过时间。每一位支教老师都清晰记得当初送别的心情，说不清究竟有多复杂，但是难受却真真切切。不管怎样，我们要坚信，每一次离别都是为了更好地重逢，就像今天，我们彼此都以更好的自己站在这片我们曾经一起战斗过的热土上重聚。四年支教老师与黄陂中学的故事，支教老师与学生的故事，黄陂中学的发展

与支教老师的青春汗水都深深地刻在每一位老师的脑海里,也滴落在黄陂的每一片土壤中。

这一行也收获了许多感动与欣慰,以前上课总是会带给老师一朵金银花的女孩,这一次从口袋里掏出了几个李子;那个总是不写作业的调皮小孩,不好意思地拉住老师衣角只是为了问一道数学题;还有班里面那个总是打架逃课脾气暴躁的男孩,这次乖乖地坐在教室里大声读书……

随着时间流逝,总归要离别,离开是去努力奋斗,唯有这样,我们才能不负离别。请相信,在美好的未来,我们终要重聚。同学们,祝福你们,愿你们以梦为马,书写青春芳华。

加油号列车

孩子们的成长档案

研究生支教团齐聚黄陂

再叙师生情

手足情深 前程似锦

听山谷风
记中国地质大学（武汉）研究生支教团

扬帆起航正当时

支教一年,除了收获与学生满满的师生情,更让人难忘的是那些和研究生支教团一起并肩作战、教书育人的乡镇教师们。他们把自己的青春奉献给了中国的基层教育事业,用自己散发的微光照亮了西部贫困地区孩子们前行的道路。他们教会了研究生支教团的每一位成员如何当一名老师,如何上好一节课。他们更把研究生支教团的每一个人当作自己的朋友或是孩子,在生活中给予了细心的关爱和呵护。

临行之时,除了工作上的肯定,他们更希望研究生支教团的每一位成员都能乘风破浪潮头立,不忘初心,牢记使命,踏实人生的每一个脚印。

与黄陂中学老师临别合影

给研究生支教团点赞，你们都是最棒的

听山谷风

——记中国地质大学（武汉）研究生支教团

十年奉献　照亮未来

——给中国地质大学（武汉）的一封信

尊敬的中国地质大学（武汉）校领导及全体师生：

您们好！

时光飞渡，三尺讲台留下无数志愿者的身影，贵校选派来我市支教的老师已历经十届。十年间，40名支教志愿者，怀着"建设西部"的崇高愿望，从华中来到西部——云南省楚雄彝族自治州楚雄市，在龙江中学开展支教工作。支教期间，各位老师恪尽职守、勇于担当、入乡随俗、关爱学生、服从管理，尽心尽力完成学校安排的教学及其他各项工作，同时，积极参加楚雄市的一些工作和活动，留下很好的口碑和影响力。在此共青团楚雄市委、楚雄市教育局向一直以来关心支持楚雄市教育事业发展的中国地质大学（武汉）表示衷心的感谢！并向到楚雄市支教的志愿者们致以崇高的敬意！

十年支教，热血难凉！历届支教志愿者到龙江中学都发扬了贵校"艰苦朴素，求真务实"的校训精神。工作方面努力听课，向经验丰富的资深教师学习，发挥他们的聪明才智，探索新的教学方法，传授与时俱进的知识，给学校注入了一股生机勃勃的活力。他们牺牲许多休息时间认真细致地备课、上课、听评课，努力探索教学方法，与学生朝夕相处，做到课内精心执教、课后认真辅导，并积极开展课外活动及家访，学生学习热情空前高涨，师生之间结下了深厚的感情。在完成教学任务的同时，发挥专长，尽其所能地对年级、学校及教师提供帮助。

十年来，中国地质大学（武汉）研究生支教团在进行教育教学工作的同时，不忘积极参加和组织各种校内外实践活动，将自己融入学校和楚雄的生活中。在一年一届的元旦晚会和五四文化艺术节晚会上，支教团成员都会参与主持、场务和节目预选与彩排等相关工作，部分老师还参加节目表演。每年的冬季运动会上，支教团成员还担任着裁判员、计时员、记录员等职务，保障了运动会的顺利进行；他们还积极参与学校建设工作，曾多次在学校领导班子会上对学校文化建设献言献策；他们积极组织策划校园内的各项活动，第三届研究生支教团成功组建了校园广播站，并培养了许多小播音员；在第四届研究生支教团与校团委的共同努力下，组建了学校五大社团：龙江中学青年志愿者协会、文学社、舞蹈社、街舞社、话剧社等，支教团成员带来了社团活动和社团文化，为学校的文化建设助力。

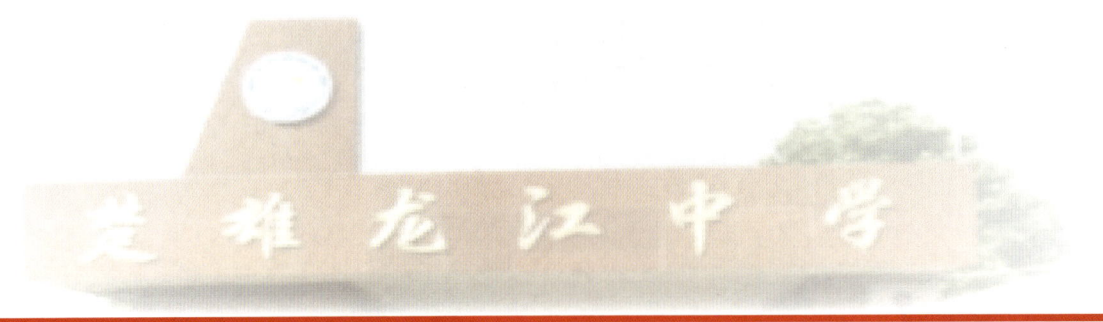

楚雄市地处彝族自治州，龙江中学多数学生来自少数民族，许多学生家庭贫困，经济文化条件落后，为了帮助这些学生，支教团积极开展助学活动。他们走访了地方民族小学，关心民族小学生的发展，通过线上线下各种方式发起公益募捐，开展"一帮一"扶贫助学活动。据不完全统计，到目前为止，支教团队员为龙江中学的贫困学子募捐助学金约5万余元，收到的爱心包裹多达200多包。2012年1月创建了"安利七彩小屋"，在第八届研究生支教团与校团委的共同努力下，龙江中学"七彩小屋"在有限的资金条件下，设计了谈心区、学习区、管理制度区、多媒体区。每周固定使用两次，一次为艺术特长培训，一次为阅读活动及谈心时间，为农民工子女提供持久关爱，目前各项活动趋于常态化，小屋运用较好。

志愿者们在参与学校教学及活动的同时，还加强与团市委沟通交流，积极参加楚雄市一些全市性的工作及活动，楚雄市建市30周年职工文艺汇演、楚雄金色童年艺术节、中国彝族文化展演会、云南民族民间文化博览会暨中国楚雄彝族国际火把节等一些重要的赛会服务，日常志愿服务活动、公益助学等活动中都能看到他们的身影。他们的工作得到学校、团委和社会各界的认可，云南志愿者服务网、中国地质大学（武汉）校园网等多家网站对他们的工作给予了报道。

中国地质大学（武汉）研究生支教团的到来，带来了党和国家对西部民族地区的关怀，带来了团中央和中国地质大学（武汉）师生的关爱，在他们身上表现出来的优秀品质、过硬的专业素质和综合能力，一直激励着我市师生不断创新与前进。通过近年来支教工作的开展，共青团楚雄市委、楚雄市教育局与贵校结下了深厚的友谊，一批批优秀的支教志愿者对楚雄市教育事业的发展奉献出了青春和力量。在此，我们对贵校表示最诚挚的感谢，忠心恳请贵校能一如既往地关心支持楚雄市教育事业的发展，希望支教扶贫的接力棒一届一届在楚雄传承下去。

最后，再次感谢贵校领导对楚雄市教育事业发展的关心支持和帮助，感谢各位支教志愿者的辛勤付出！祝贵校事业蒸蒸日上，各位领导、各位支教志愿者们身体健康！万事如意！

此致

敬礼！

共青团楚雄市委　　　　楚雄市教育局

爱心点亮希望

——给中国地质大学（武汉）的一封信

尊敬的中国地质大学（武汉）各位领导及全体师生：

您们好！

光阴似箭，转眼间贵校选派来我校支教的老师已历经十届。支教期间，各位老师不辱使命，以身作则，严于律己，率先垂范，服从管理，尽心尽力完成学校安排的教学及其他各项工作。在此，我代表云南省楚雄龙江中学的全体师生及家长向贵校的各位领导、全体师生和支教的同学们表示衷心的感谢。感谢贵校的支教义举，感谢各位领导的关心与支持，感谢支教团成员的辛勤付出……同时对贵校今后更好的发展给予最诚挚的祝愿！

十年支教，温暖同行！自2006年8月开始，贵校研究生支教团进入我校支教，至今已有十届，先后有40名同学在楚雄龙江中学进行服务。历届支教同学到校后都展现了立竿见影的办事风格和急人所急，想人所想的处事风貌。工作方面他们认真好学，勤勤恳恳，与其他老师并肩作战，他们比勤奋，争先进，求创新，给学校注入了一股生机勃勃的活力。支教团成员根据工作的需要和学校要求上课，每一届都能在较短的时间内完成由学生到老师的角色转变，并不断地向经验丰富的老教师学习教学技能；各位支教团成员在完成教学任务的同时，发挥专长，尽其所能地对年级、学校及教师提供帮助：耐心地教电脑应用能力基础差的老教师使用电脑，在年级任课老师出现空缺的时候，及时的补充，主动承担空缺课程教学任务。

十年来，中国地质大学研究生支教团在进行教育教学工作的同时，不忘积极参加和组织各种校内外实践活动，将自己的聪明才智很好地发挥出来，在开展活动的同时，锻炼了自己，也给学校增添了活力，丰富了校园文化生活和氛围。

他们积极参与校外各类实践活动和工作。平时与共青团楚雄市委和东瓜镇共青团组织紧密配合，积极参与市里的各项有意义的活动。他们积极走访地方民族小学，关心民族小学生的身心发展；积极参与团市委组织的上街义务咨询宣传工作，并多次参加团市委组织的大型志愿者活动并在大会上代表志愿者发言；与当地团委和学校共同在九九敬老节走访慰问东瓜镇敬老院的老人们……2010年楚雄市遭遇百年不遇的大旱，支教团成员们积极参与了团市委组织的3月5日主题志愿者活动，奔赴楚雄市苍岭镇参加了抗旱送水。

他们还积极参与学校的各项工作。在一年一届的元旦晚会和五四文化艺术节晚会上，我校支教团成

员都会参与主持、场务和节目预选与彩排等相关工作，2015年元旦晚会，李刘浩老师还参加了节目表演，受到了在场领导和师生的一致好评。每年的冬季运动会上，支教团成员还担任着裁判员、计时员、记录员等职务，保障了运动会的顺利进行；同时支教团成员还积极参与学校建设工作，曾多次在学校领导班子会上对学校文化建设献言献策。

  他们积极组织策划校园内各项活动。历届队员一直为如何丰富校园文化生活、如何活跃活动氛围做着努力。第三届研究生支教团成功组建了校园广播站，并培养了小播音员，及时播报新闻，宣传方针政策、介绍科学知识，丰富了学生的课余生活。第四届研究生支教团与校团委商讨，组建了学校五大社团：龙江中学青年志愿者协会、文学社、舞蹈社、街舞社、话剧社等，社团活动的开展不仅活跃了校园文化生活同时还彰显出学校的特色。

  十年来，支教团坚持开展校内外助学工作，助学成果十分显著。由于楚雄龙江中学多数学生来自少数民族，且学生大都来自边远山区，自然条件恶劣，经济文化落后，家庭特别贫困，在这种严峻的形式之下，助学活动也就成了支教团工作的重要部分。据不完全统计，到目前为止，支教团队员通过在百度贴吧、QQ群、博客、以及相关的论坛上发出倡议，为龙江中学的贫困学子募捐助学金约5万余元，收到的爱心包裹多达200多包（包括衣物、书包、笔记本、笔、其他文体用品、各类书籍）。

  2009年11月24日支教团成员还与学校领导一起走访了位于边远山区的紫溪镇彝山民族小学，给那里的孩子们带去了学习用具和文体用品（其中包括笔记本、铅笔、橡皮、转笔刀、铅笔盒、书包、水彩笔、彩色铅笔、象棋、跳绳等），还送去了一箱过冬衣物。

  中国地质大学（武汉）研究生支教团的到来，带来了党和国家对西部民族地区的关怀，带来了团中央和中国地质大学师生的关爱，在他们身上表现出来的优秀品质、过硬的专业素质和综合能力，将对我校师生起到很好的激励作用，在此，我谨代表学校，再次感谢贵校对我校的无私援助，感谢贵校为我校选派的优秀支教教师。期待后期贵校能继续援助我校，使我校更加快速发展，龙江中学全体师生将感激不尽！

  最后，祝愿贵校全体师生身体健康，工作顺利，万事如意！祝愿贵校发展日新月异！祝愿贵校与龙江中学的合作锦上添花，友谊天长地久！

  此致

敬礼！

楚雄龙江中学 谭国荣校长

2016年4月22日

爱心永恒

当我第一次走上讲台的时候，我看到讲台下面充满期待的眼光，我感觉到每一个学生是那么的可爱，我很兴奋，恨不得把平生所学都教给他们。四届研究生支教团的二十位青年，正是怀着和我一样的情怀，走上了黄陂中学支教的讲台。然而教育的复杂性，学生的个性差异，特别是面对双差生，常常让他们束手无策，无可奈何。

人就是在战胜困难中成长的，我看到这些年轻人有勇气、能担当，敢于挑战困难，他们不厌其烦地与不听话的学生沟通、交流，得到了学生的认可。他们经常深入学生家中，温暖着一个个困难的家庭。他们将地大的爱心传递到了老区，累计捐款捐物达数万元。

教育没有天才，当他们发现自己的教学效果不理想时，不惜牺牲自己的休息时间，进行下班辅导。每当夜深我走进教师办公室，总能看到他们在备课，批改作业，他们总想让每一堂课都精彩，让每一个学生不掉队。功夫不负有心人，我走进课堂，听到了非常优质的公开课，他们的教育能力让我惊叹，他们对教学的理解之透，让我佩服，公开课堪称完美。

他们承担的班主任工作也做的很好。经历了一次次的煎熬之后，有了收获，他们用爱心感化了所有的学生，班上的凝聚力强了，学生变得听话了，教学成绩好了，各项比赛都能拿第一。

学校的图书室，四万六千多册图书，每一本书都烙下了他们默默奉献的印记。学校的广播站，也因他们而精彩，讲述了很多传奇的故事，传递了很多正能量。

这样的支教老师，黄陂中学的师生怎能忘怀。当他们含泪和我校师生依依惜别时，留下了多少美好的记忆。

5月27日，地大的二十位支教团老师齐聚黄陂中学，这一天成了黄陂中学学生的节日。学生围绕着他们，心里话说不完，激动的泪水流不够，短暂的相聚带走了更多的思恋。

一晃四年即将过去，我心里总有些惆怅。老区正一天天的发展变化，黄陂中学更是日新月异，展示着祖国的强盛，支教将成为黄陂中学的历史，但地大支教团的支教精神是永恒的。

宁都县黄陂中学校长 杨文富
2018年6月

相知十年 值得托付

听山谷风

记中国地质大学（武汉）研究生支教团

新老师的必修课

农村人是勤劳的,是质朴的,也是最实在的。

家访是支教团每个成员的必修课,到现在为止,中国地质大学(武汉)研究生支教团共走访了150多个家庭,行程近1500千米,拉近与学生间距离的同时也让我们更加深刻的认识到西部落后的现状。

我们去家访的很多时间,都只有爷爷奶奶在家,他们不会说很多,而是用眼神和行动述说着生活和感激。粗糙的双手,深嵌的皱纹,花白的头发,短短几句话却道尽一辈子的辛酸,他们是最最朴实的一个群体。

当地孩子多为留守儿童,父母在外打工,孩子一般都和年迈的爷爷奶奶生活在一起。破旧的房屋,简陋的家具,平淡的饭菜,正是在这样的环境下,一群需要关爱的孩子们,却显得更加独立,令人心疼的独立。

有一天晚上,一名学生睡觉时头痛难忍,家长正在外地打工。于是家长给我打电话请我陪着他去县城检查,半夜十一点多我和学生的叔叔一起带着他去县城,所幸并无大碍,凌晨四点多钟才回到学校。中途收到学生母亲发来的一条短信,让我感动不已,当时就觉得再辛苦再累也值得。

——摘自第十一届研究生支教团工作日志

家访

家长心中的支教团

尊敬的支教团老师：

你们好！

我是宁都县黄陂中学六（4）班学生邱棉棉的大伯邱峰，遇见你们这个支教团队的老师，让我感慨良多，有几句心窝子里的话想与你们说说。

在我心中，我认为高素质的大学生永远是一群最具有青春活力，激情澎湃的人；是一群最具有先进的思想文化、科技独创性的人；是一群最能引导良好社会风尚的人。你们不远千里跋山涉水到我们这个边远的苏区老区来支教，首先就印证了你们身上具有的那种无畏的社会实践精神和无私奉献的精神。我们山区的孩子能得到你们的开化、引导、教诲是他们的幸福，我的小侄女邱棉棉能得到你们的关心、照顾与激励是她的修来之福。

我侄女邱棉棉出生不到两个月，父亲就不幸去世了。她母亲是外省人，本身就遭到家庭的反对，在经受这场波折后，受不起家庭的压力，决然抛下儿女重新改嫁他乡。从此，兄妹俩就沦为孤儿。

缺少父爱与母爱的关怀，一定会影响他们的学习与成长，甚至影响他们一生的追求和生活。这是我们一直的担忧。生性胆小的棉棉很腼腆，我们很怕她自卑的心理会困扰着她，使她不敢与同学沟通，不敢向老师请教。可是，你们这支优秀的支教团队以亲切和蔼的态度关心着她；是你们以浩瀚无边的知识恩泽着她；更是你们用和煦的阳光普照她，用美的雨露滋润她，让她的心田繁花似锦。你们为花的盛开、果的成熟而忙碌，默默奉献着叶的绿茵。从你们那里，她知道了怎样励志成长；从你们那里，她感悟到了人世间的真善美；从你们那里，她能得到动力的源泉，扬起理想的风帆。

谢谢，衷心地谢谢你们！谢谢你们给她无微不至的关怀与鼓励，让她沐浴着阳光和雨露健康成长。谢谢你们为她的人生方向导航。

黄陂中学六（4）班学生 邱棉棉的家长

2016 年 4 月 22 日

中国地质大学（武汉）研究生支教团的各位老师：

  首先我要说一声"谢谢"，感谢您们对李聪学习上的支持，也感谢你们愿意来到楚雄龙江中学。此时此刻，除了"感恩"，我想，没有其他词汇能表达我的感受。我是李聪的妈妈，我的孩子是楚雄市龙江中学高一年级的一名学生，来自云县农村的一个贫穷家庭。他和7岁的弟弟跟着我和他爹从家乡来到楚雄市东瓜镇生活，我们俩靠做小本生意维持一家人的生活，供李聪和李云上学，去年孩子他爹患绝症病故，更使家里雪上加霜，当时，我只有一个念头，怎么样都要让孩子把书读下去，所以坚强起来。李聪是个懂事的孩子，看孩子每天读书到很晚，还要接送弟弟上下学，每次回家还主动帮我做一些力所能及的家务活。我也从不给孩子们学习上的压力，只是让我尽自己最大的努力，支持两个孩子读书。

  就在这样的情况下，学校、老师没有忘记李聪这个孩子，年初的时候，中国地质大学（武汉）的几个支教团老师和班主任还来到我家里，了解我们家的情况和李聪在家里的表现，给我和孩子讲了很多道理，也给李聪指明了努力的方向，给了孩子很大的鼓励，也让我更坚定了要努力供孩子读大学，读研究生的念头，临走时，几个老师还把自己凑的几百块钱交给我，让我给孩子买书看，让孩子一定坚持把书读下去。

  听孩子说过很多来自地质大学的支教老师在学校帮助他的事情，课下给他辅导功课，还经常找孩子聊天谈心，帮孩子解决学习和生活上的很多问题，还鼓励孩子好好学习去争取奖学金补助，每次孩子跟我讲的时候，我心里都非常感激这一群远道而来的支教老师们，我们无亲无故，他们却愿意这样尽心尽力帮助我们这个小家庭。

  昨天已经成为遥远的回忆，今天的太阳已经升起，看到孩子每天放学回家读书写作业的样子，我只希望他能够好好读书，能凭自己的本事去拼出自己的美好未来。

  最后，让我再一次感谢你们对李聪和我们家的无私帮助！谢谢！

学生 李聪的母亲
2016年4月24日

新程 第四纪
QUATERNARY

繁华璀璨的第四纪,因为人类文明的出现而显得格外耀眼,一切都是那么崭新,那么美好。经历了破冰的迷茫之后、体会了开拓的困苦之后、收获了成功的喜悦之后,我们接过前辈们传递过来的行囊,仍将一批一批地踏上这征程。

再回首,恍然如梦;再回首,我心依旧。满载着支教地孩子们的希望,满载着学校与社会的重托,满载着心中骄傲的理想,我们,仍在路上……

支教心语 真情流露

听山谷风
——记中国地质大学（武汉）研究生支教团

你们是最好的礼物

几年前,一个偶然的支教机会,把我从象牙塔带到了祖国的西部——彩云之南的龙江中学。这里没有想象的那么艰苦,对我来说,反而显得更为单纯。渐渐地,我爱上了这儿纯粹的生活。记得有次班会,我和班上的孩子一起计算距离中考的时间,大概还有两个月,才猛然发现,这两个月也是我支教的倒计时。虽未离别,却已不舍。

想当年,初来乍到,信心满满,希望尽自己的努

记中国地质大学(武汉)听山谷风 研究生支教团

我们的大哥哥——王强老师

听山谷风

记中国地质大学（武汉）研究生支教团

力使学生的成绩得到大幅提高，给学生一个交代，更给自己一个交代。然而，学生的学习让人费心，更让人忧心，他们的课程基础大多都不太好，与当地的整个教育环境有很大关系。尽管当地老师多次给我打"预防针"说不要抱有太大期望，但当第一次月考成绩公布下来，我还是傻了眼。相比之下，化学科目的平均科目成绩比其他学科要高些，但那点成绩并不足以战胜中考。后来，通过一系列的实践，我针对不同层次的学生采用了不同的讲解方法，耐心再耐心，经过一个学期的努力，不仅很多学生的成绩有了很大的提高，甚至还出现了成绩特别优异的孩子。

那一年中，学生也给予了我涓涓细流般的感动。有段时间我在教室上课，看到他们桌子上放着彩色的纸片，每到下课都很一致地做折纸，我当时告诫他们，不要把时间浪费在这些无用的东西上。但是几天后，当我回到办公室，桌子上赫然放着一件用好几百个小折纸组成的礼物，一瞬间明白了，心想这群孩子啊，让我说什么好，只能看着礼物傻笑……

我的孩子们都很懂事，可是，他们中的某些同学却因为家庭或学习的负担有着或轻或重的心理问题，并非如我们想象中只是生活窘迫和学习上的困厄。这是我始料未及，同时也是很难解决的，大多数时间，我只能静静地做一个倾听者。支教之初内心那种希望帮助素昧平生的学生追求更美好生活的热情就这样遭遇到现实的冲击，但这现实的冲击也恰恰是当地需要志愿者的原因。志愿者身份的可贵之处就在于在基层岗位上勇于承担、甘心奉献。对我们来说，哪怕只能听一个孩子讲述生活，帮一个孩子减轻困窘，都是一种心安。

是的，支教是一件很单纯的事情，远离了城市的喧嚣和复杂，远离了过于物质化的观念和生活。这里的一切，包括教育在内，都在积极地向发达地区靠拢。从某种程度上说，这是一件好事，因为向好的事物学习和发展本身就是一个地区的最大需求，但行动若仅止于模仿的话其成效性却又值得商榷，我们需要更多的创新和因地制宜。

但反观自己那一年的经历，我同样是矛盾的。一方面，我觉得教学如果不能带给学生们不同的观念与知识，视野仅仅局限在教学任务上，是一种失败；而另一方面，面对中考的压力，我又以自己熟悉和经历过的教学方式来扼杀学生的自由。在这种矛盾斗争中，我努力争取在完成课堂任务的前提下，以最大的热情和可能性，为孩子们展示外面世界的精彩，希望他们能走出去，亲身去体会。

一年时间，与其说我影响了些当地学生，不如说那纯粹的生活带给我的触动和感激更深刻，那种撞击内心的力量也促使我更加了解和热爱那片陌生的土地。

——摘自第八届研究生支教团王强的支教日记

大山里的孩子们对一切新奇的事物都是那么的好奇

沉淀青春 绽放梦想

记中国地质大学（武汉）研究生支教团 听山谷风

青春的力量，是质疑中的坚持；青春的力量，是基层中的打磨；青春的力量，是奋斗中的光辉。

"为什么要支教？""何必要支教？""支教值得吗？"……当一个个不解、质疑甚至反对不断涌现，我选择了坚持。因为我依然记得温总理曾勉励地大学子"不畏艰苦和挫折，总能登上光辉的顶点。"在我的眼里，光辉的顶点就是梦想绽放的最美之处，艰苦和挫折最大的聚集地就是基层，就是西部。作为新时代的青年，我们要勇敢地走出象牙塔，走到最真实的社会环境中，走到人民群众最需要的地方。我相信，一段崭新的历程，一个截然不同的角色，会带来别样的惊喜。

满载对青春梦想的轻狂与执着，怀揣对青春力量的坚定与向往，收好周遭的质疑和不解，我背上行囊，告别亲友，走出母校，走向基层，翻过崇山峻岭，踏上了彩云之南这块热土，来到支教服务地——楚雄龙江中学。

龙江中学是一所地处城郊结合部的高中，留守儿童近半数，没有高耸的教学大楼，没有先进的教学设备，有的只是宿舍里的拥挤，食堂前的拥挤，水龙头前的拥挤，还有强烈的紫外线和干燥的气候。这一切都在问我"你的梦想经得起考验吗？"

是的，我准备好接受一切考验，因为我相信心中的梦，是最强正能量。

初来楚雄，由于水土不服，皮肤过敏，奇痒难耐，拖着白天的疲惫却在夜里辗转难眠。作为两个班的语文老师，每周五个工作日，共有四节早读。楚雄的天亮得特别晚，尤其在冬天，顶着未褪去的星辰，拖着未曾完全消除的疲惫起床，陪伴我的是孩子们琅琅的读书声。每周12节正课，4节早读，4节晚自习，作为班主任，还要面对学生们层出不穷的问题，巨大的工作量让初来乍到的我难以喘息。更让我不适应的是，这群刚刚进入中学的孩子身上带着小学的顽劣和青春期的叛逆，对我这个不像老师的老师存着很大的戒心和怀疑。学生的不适应和我的不适应叠加在我面前形成了难以跨越的阻碍，一颗火热赤诚的心遭遇到了现实和梦想的巨大落差，伴随而

听山谷风

——记中国地质大学（武汉）研究生支教团

来的是入睡前强烈的孤独和失落。

不记得多少次想过放弃，不记得多少次带着泪水入眠，依然记得的是每次苦涩过后，自己都用鼓励和安慰给自己加油，因为在这里，我就是自己唯一的依靠和力量。

记得班级第一次月考失败后，我焦急万分，不断袭来的挫败感，让我不知所措。我马不停蹄，着手分析每个学生的考试情况，利用休息时间与每个孩子谈话，长时间的过度用嗓导致扁桃体发炎，由于没有及时治疗，声音难以发出，但我依旧使出最大的力量给学生们上课，过度的劳累让我当天晚上就发烧了。没有药，我就用最原始的办法，将自己严严实实裹在被子里，彻夜忍受着火烧一般的痛苦，捂出一身汗，在第二天清早退热后立马继续投入教学工作。

或许是真诚感化了孩子们，或许是付出打动了孩子们，孩子们逐渐和我形成了默契，逐渐和我交心，逐渐懂得体会老师的辛苦，在期中考时取得了年级第一的好成绩。

大山里的孩子们很爱拍照，他们对一切新奇的事物都是那么的好奇。

作为班主任，面对这群刚步入青春期的叛逆少年，我不仅要将眼光落在学习成绩上，还要将更多的心思放在学生的心理和思想引导上。

记得我的学生彭梅在一篇关于妈妈的作文里写道"妈妈，你在哪？我好想你啊！我已经记不清你的模样了，我多想像别的孩子一样在你的怀里撒娇，对你喊一声'妈妈'……"后来我了解到，彭梅的妈妈在她三岁的时候就离开了家，十年来，爸爸在外地打工，一年难得回家几次。彭梅一直和年迈多病的奶奶靠着爸爸每个月寄的基本生活费度日。我才明白，为什么她瘦弱的肩膀总是佝偻着，为什么她很少抬头直视人的眼睛。她用柔弱的身躯承担起了命运的打击，她幼小的心灵经受了生活的巨大考验。

我渐渐发现，在龙江中学，像彭梅这样的孩子并不少见。他们或者父母离异，或者父母双双外出打工。有些来自偏远农村的孩子，回一趟家就得坐几个小时车，走十几里山路，一年难得回家几次的他们，本应该在家里享受父母的庇佑呵护，但迎接他们的却是不完整的家。

支教的日子里，我看到基层教育的贫弱，看到西部教育的艰难，看到基础教育的不容易，我决心要帮助更多有需要的孩子。从去年十月份开始，我利用网络平台和新媒体，将龙江中学的情况向社会公开，联系爱心人士以多种形式捐助。迄今为止，定期资助了8个学生，筹集大批衣物、书籍，发放到孩子们的手中，将山外的温暖送到龙江学子的心里乃至楚雄城更偏远的农村学校，也让更多孩子看到实现梦想的希望。我懂了，没有什么比梦想的延续更让自己觉得瑰丽！

研究生支教团的人都知道这样一句话"用一年不长的时间，做一件终生难忘事！"如果要我来诠释，支教是筑梦的过程，筑梦的过程是一场没有硝烟的战役。战斗中，我们要挑战环境的变化，要挑战不期而至的问题，更要挑战自己对梦想的坚持。

梦想，不是悬在高空的星辰，遥不可及。

梦想，不是开在悬崖的花朵，无以攀折。

青春梦想的昨天，是"山重水复疑无路"的彷徨；

青春梦想的今天，是"病树前头万木春"的希望；

青春梦想的明天，是"直挂云帆济沧海"的突破。

——摘自第八届研究生支教团詹敏的支教日记

欢迎加入六（5）班大家庭

听山谷风
——记中国地质大学（武汉）研究生支教团

难忘那年　那年难忘

记中国地质大学（武汉）听山谷风研究生支教团

我是个感受很多、感悟很少的人，老是致力于周围喧嚣的世界，过着热闹的人生，却很少把自己的心沉下来，静静地回忆与感悟之前的事情。看到十二届研究生支教团成员给我发的信息，问我为什么选择支教，这个问题让我一时思绪万千，无从解答，心情也变得十分复杂。

刚上大学时，环境的安逸与轻松让我迷失了生活的方向与意义，这也让我格外羡慕那些清楚自己想要做什么的人。大三的我在校团委偶然遇到了一位学姐，她很酷，眼睛里满是坚定的跟我说着她的西藏梦，说道自己曾在云南参加过一年支教，让自己更加坚定去西藏的打算，当时的我被震撼了一把，心想，我什么时候才能变成像她这么酷的人？后来也曾私信她，您感觉生活的意义是什么？她只回答了简短的三个字："去感受"。我懵懵懂懂，便也从此作罢。但后来酷学姐真的去了西藏工作，并把家安在了那里。

再后来的大四，团委办了一次支教计划的宣讲会，让刚刚回来的支教团成员和我们分享支教的感受，我去听了这次宣讲会，也很感谢当时自己做了这个决定，因为我从来不知道一场宣讲会也可以听得如此热血沸腾。学长学姐们在台上讲着自己的经历，说着自己的收获，他们之间共同的回忆与故事交错出迷人的光彩，让我更加反思，一个惰性强，自制力又很差的我，能做到和他们一样吗？我开始为此尝试，总结自己，准备支教计划的全校选拔。我仍然记得，当得知我通过审核，可以去支教的那一刹那，脑子里闪跃着太多念头，反复思索着我可以给学生带去什么？我想着要努力把最好的带给他们，我想把我所学的知识都传授给他们。

后来的一年中，在准备毕业的同时，我也在为以后的支教生活准备着，我购买了初中阶段所有的英语教材与教辅，利用假期备课，只希望自己能够在教学方面不落后专业老师太远，让我教的学生有起码的学习保障。毕业的暑假，因为准备毕业答辩的紧张与通宵的熬夜，我开始不断地咳嗽，医生检查判定疑似肺结核，让我留在武汉观察，这一周观察中，我的两位支教伙伴和团委的老师们都来看我，让我仔细考虑去支教的事情，支教的环境估计会很恶劣，这样的身体能去吗？我当时想，如果当了逃兵，恐怕自己一辈子都要瞧不起自己了。

一个半月后，恢复好身体的我跟着两个队友踏上了支教的道路。当我这样自由散漫的人遇上两个充满着正能量的人，会怎样呢？你能想象，她会望着那个高度，改变自己，努力成为和他们一样的人，遇见未知的自己。他们的出现就像一片灰蒙蒙的阴霾里突然照射进的一束白光，顿时明亮了整个世界。这就是我支教过程中，对我两个队友苏彤、彭少龙的感觉。一起支教过的情谊是别人体会不到的，我们三个成为了黄陂支教点的第一批人，也在那个学校留下了自己的故事，第一次上课，第一次过教师节，第一次改卷子，人生在那里迎来了无数次的新开始，支教的生活比我想象得更加丰富，更加有存在感。

直到现在，我都会经常在梦里走那条田间的路，醒来却发现已经离开那里好久了。学生们的QQ消息和微信总会来，每次的话都是你好吗？我想你们了，你们还来吗？什么时候来？每一次我都回答不出来，有时只能说等你们长大了，考到我们的大学找我们好吗？

支教那一年就这样过去了，似乎一切都好像什么都没发生过一样，但似乎又什么都改变了，那群学生的心中，永远有我们的位置。经过这一年之后，仔细想想，其实是同学们带给了我的更多，例如真诚，例

李薇老师在上课

如天真,我更加知道了自己生活的来之不易。在他们的世界里,快乐和不快乐显得那么单纯,他们即使家庭条件十分恶劣都还积极面对生活。他们比我们更看重感情,你的每一点努力都得到他们成倍的回报,你的付出在他们身上的成果会特别明显,这些成就感,是别人无法体会的。

直到现在,想到他们偷偷约好凌晨五点到车站送我的画面,我还是会喉头发紧,那一双双黑亮的眼睛看着你,充满着不舍,充满着对你的爱,虽然我仍然无法简单总结支教到底有什么意义,但是我想这一年应该是我这辈子最有意义的一年了!

同学们,你们好吗?我想你们!

——摘自第十届研究生支教团李薇的支教日记

记中国地质大学(武汉)听山谷风研究生支教团

很幸运在最美的青春与你们相伴而行

记中国地质大学（武汉）听山谷风研究生支教团

总是会有些许抱怨时间偷走了我的青春，但我很幸运可以在最美的青春与你们相遇，相伴而行。

古人常说："一鼓作气，再而衰，三而竭"，今天终于体会到了这种感觉。期中考试完，乒乓球比赛也终于搞完，松了一口气，却不料想感冒接连而至，头疼发烧，咽喉发炎，嘴唇干裂。被小伙伴强行按在寝室休息，却怎么也睡不着，才发现不知不觉时光老头已经偷走了我支教时光的3/4。听着窗外淅淅沥沥的雨声，想到一年之后我将要离开这里，离开我的学生，想到这三个月的点点滴滴，只能努力地不让眼泪流出来。

还记得第一天来到宁都，便体验到了这边火辣辣的热情，这边的天气很潮湿，人们习惯吃辣，一盘菜端上来全是辣椒。晚上我们六个人全部开始腹泻，而我那一晚只能趴着入睡；同样有一天洗完澡出来，发现腿很麻，低头望去，看到大腿上有两个很像蛇咬的獠牙印记，在这一周，我上完课没有感到腿站得发酸，而是伤口被裤子摩擦疼痛发麻；还有一天中午，冒雨骑车带学生去诊所看病，却不想路上把手机给丢了，独自一人找了一个中午，衣服都被暖干了，却没有找到。这所有一切没有抵挡住我，我们六个小伙伴在一起的时候依然高唱校歌"我们有火焰般的热情，战胜了一切疲劳和寒冷"。

常常在想，是什么让我置所有困苦于不顾，是因为你们的存在——七班与八班的同学们。还记得我第一次踏上讲台，你们齐声高喊"老师好"的时候，我便想你们将自己的未来交付到了我的手上，我要对你们负责。后来我们之间发生过很多故事，在我生气时你们偷偷塞过来的纸条，教师节你们夹在作业本里送给我的画像，万圣节满抽屉的糖果，感恩教育中你们飞奔而来的紧紧的拥抱。还记得有一次，英语老师说

中国地质大学（武汉）研究生支教团江西队队长霍少孟与班里的孩子们合影

我十二月份要回武汉，你们以为我这次走就不会再回来了，下午我一进教室，你们全体站起来高呼："老师，你不要走好不好？"我转身便走了出去，那是因为我不想让你们看到我眼中溢出的泪水。那一次，在感恩教育上，老师说跟你们一起拍张照，猝不及防下，被你们紧紧抱住，将脑袋扎进了我的怀里，当时我感觉其实这一切的困难都是值得的，都是美好的，也让我更懂得了我们彼此的牵挂。同学们，老师想谢谢你们，因为你们老师才真正感受到了生活的意义所在。

我只有一载，没有预演，也没法重来。我害怕当我走的那一天留下遗憾，所以我想咬紧牙关，拼命精彩。总有一天，我将离去，为了自己的梦，踏上一段新的旅程。但，无论何时，无论何地，我都能忆起，有一年，我曾经背负着你们的梦想与未来，与你们一起走过。

与你们相遇，好幸运。

——摘自第十二届研究生支教团霍少孟的支教日记

彩云之南，献君吾心

记中国地质大学（武汉）听山谷风研究生支教团

2016年7月27日，MU4530航班如往常一样掠过半个中国抵达了昆明。但对于搭乘此航班的我而言，怀着傅老师在十周年纪念活动那"一本书、一首诗、一生情"的深情寄语，从踏上这片土地的那一刻起，一段铭记一生的故事便在这注定的不平凡中拉开了序幕。

任初三化学教师的第一堂课，我便用神奇的"魔法""俘获"了学生们的芳心。这一年的相处中，我曾无数次焦急地指出你们的不足，也曾无数次为你们的进步而欣喜若狂。面对这群可爱而又偶尔调皮的孩子，每当24岁的我从讲台上望去，满眼都是自己14岁的影子。年青的自己看着更加年轻的你们，唤起的是昨日的回忆与遗憾，警醒的则是此时的紧张与不安。年轻的孩子，我总会害怕你们因为此刻的懒惰而抱憾一生，也正因如此，我才会一次次不厌其烦地严格要求。

200余天的陪伴，300多节课，12个单元，10次大大小小的考试，直至6月30日的最后一战。当中考结束的铃声响起，就像几年前在考场外守候着我的老师一样，我也鼓起勇气去迎接属于我的学生们的五味杂陈。不过令我感到意外的是，在如此值得庆祝甚至于忘乎所以的时刻，你们仍然记得你们眼前这个不算称职的老师即将离开。离别只是为了更美好的重逢，既然约定了三年后一同毕业迎接你们高考的喜讯，今后的日子就努力去奋斗吧。

当然，工作以外的闲暇生活也是构成这一载美妙时光不可或缺的那一部分。市团委的哥哥姐姐、校领导以及同事们热情的帮助，给予了一年支教生活莫大的支持。用意外的美食去充实我周末慵懒味蕾的人，是你们；安排志愿服务交流沙龙，丰富我们生活的人，是你们；带着初来乍到的我采风游历，让我对这个曾经陌生的城市的一切如数家珍的人，是你们。如今，我即将离开，回忆却始终交织着这些温暖的片段，这些属于你我共同的时光不会随年华渐渐逝去，只会在年华的飘零中被常常记起。

一载时光荏苒，在磨砺中成长，在困境中前行，这是每一个地大人所具备的品质。犹记本科毕业之际，校长用"为公"与"修己"砥砺我们前行。这一年的支教，我在践行勇于担当、敬业奉献的同时，也尽量做到勤学以增智、躬行以立德、自行以正品。

寄蜉蝣于天地，渺沧海之一粟，人生何其短，时之幸也，一载足矣。这一刻，所有你们都变成了"你"，牢牢地印刻在了我内心最触动的那一片。离别最是难言休，如同我离别时于君所言"于你们，我们只是一届届支教团成员中的匆匆过客；而于我，你们则占据了我短暂一生中不可取代的一年"。临行前的那句"用一年不长的时间去做一件毕生难忘的事"在故事的最后兑现成了现实。

一载滇中支教行行路易，一生龙江留余梦梦醒难。

——摘自第十二届研究生支教团成员邬斌杰的支教日记

和楚雄龙江中学校长一起为南望楚雄学子奖学金获奖学生颁奖

与来访地大的楚雄龙江中学师生重逢合影

一脉相承 继往开来

记中国地质大学（武汉）听山谷风研究生支教团

子子春部，学之青西，大地飞鹜，地大放服

郝翔
二〇〇九年七月二

支教团给母校的一封信

敬爱的王校长：

您好！我们是中国地质大学（武汉）第八届研究生支教团成员，很荣幸能通过信件的形式表达我们的心情。在全国第28个教师节来临之际，我们在地处祖国西南边陲，拥有旖旎自然风光、淳朴民风的彩云之南，向您及所有辛勤耕耘在三尺讲台的地大老师们送上最真挚、最深切的感激和祝福。感谢您多年来对我们地大学子的谆谆教诲，祝福所有老师工作顺利，桃李满园！

在团中央、教育部的号召下，我校从2004年开始遴选组建研究生支教团，于每年十月份按照"公开招募，自愿报名，择优选拔"的方式，选拔4名具备本校推荐免试硕士研究生资格的应届毕业生，到西部贫困地区中小学校开展为期一年的支教工作和力所能及的社会扶贫、志愿服务、各类公益活动等。从我校第一届支教团诞生至今，历经了八年风雨，目前已有31名支教团成员主动要求推迟一年读研，选择参与到这项"扶贫接力计划"志愿服务工作中。从最初的陕西佳县到如今的云南楚雄，变的是地域，不变的是历届支教团成员扎根基层、服务西部的热情和坚持。

走到西部、走进基层，每位支教团成员都有一个共同的感受：本科四年，"艰苦朴素，求真务实"的校训精神已经化成我们每一个人身上的禀赋！当我们遇到实际环境带给我们的困难和挑战时，总会提醒自己：地大人应该具有不怕吃苦、迎难而上的意志品质。

从2006年起，地大支教团就扎根在云南楚雄龙江中学。在一年又一年的努力、探索、积累和沉淀下，龙江中学的教育教学、捐资助学、社团建设等方面都渐渐烙上了地大支教团的印记。支教团成员走进学生，真心、用心地帮助他们点燃对知识的渴望，树立对学习的自信；支教团走进大山深处，走到条件更加艰苦的学校，给那里的孩子带去了物质和精神上的鼓励；支教团承担过从初一到高三不同年级的教学任务，努力适应当地教学模式，教学成绩甚至超过了同年级教师，高居年级首位；支教团向社会申请募捐，向龙江中学的学生募集衣物、书籍等学习生活用品；支教团将大学里所学知识和社团建设经验带到龙江，丰富了龙江学生的课余文化生活；支教团将地质灾害防治知识带到楚雄市，向市民广泛普及适合实用的防灾抗灾方法……

"用一年的时间做一件终身难忘的事！"在与往届支教团成员交流后，他们尽管对一年有不同的感悟，这一年的支教生活带来的是一生的财富，即便给他们重新选择的机会，依旧是——支教！

地大支教团的历史并不算长久，所做的事亦如荧光般微不足道，然而楚雄龙江中学里的一草一木皆留下支教团的情。在东瓜镇上，乡民们知道地大支教团；在大山深处的小学里，师生们知道地大支教团；在龙江中学的每个年级，老师和学生还时常回忆起地大支教团；校园的一块宣传黑板上，以"携手文明"为标题记录下了地大，记录下了地大支教团……

第八届研究生支教团来到云南一月有余，4名成员分别担任了初一语文教师兼班主任（詹敏），高一全年级信息技术教师（赵江）、初一全年级历史教师（叶文辉）和初三化学教师（王强）。

从走上讲台起，我们慢慢体悟，"教师"这个角色已经成了今后这一年生活的主角。当我们从学生变成教师，虽然看似仅仅是台上台下的位置转移，但不仅仅如此，它意味着更多更多。我们初尝了与学生沟通的不容易；我们初尝了备课改卷监考的不容易；我们初尝了在学生心中树立老师形象的不容易；我们初尝了爱学生的同时让学生"爱"我们的不容易。我们，更懂得了"感谢师恩"的厚重！

请允许第八届研究生支教团代表地大迄今31名成员向王校长道一声：您辛苦了！感谢您及所有母校老师四年来不辞辛苦的培养。你们的叮咛嘱托言犹在耳，你们的诲人不倦萦绕心间，你们的辛勤付出历历在目，你们的为人师表我们受用一生……

最后，再次祝福王校长及所有母校老师身体健康、工作顺利、家庭幸福、万事如意！支教团将不负所托，将这根接力棒传得更稳更精彩。

此致

敬礼！

第八届研究生支教团
2012年9月3日

地大 你们永远温暖的家

中国地质大学
CHINA UNIVERSITY OF GEOSCIENCES

地址：武汉市洪山区鲁磨路388号
电话：027-87481030
传真：027-87481030
http://www.cug.edu.cn

同学们：

你们好！

来信收悉，非常感谢你们从云南向学校老师献上教师节的节日祝福。我向你们表示感谢，并通过你们向我校历届研究生支教团同学表示诚挚的问候！

从来信中得知你们扎根云南楚雄龙江中学，积极适应从学生到教师的身份转变，积极面对环境变化带来的困难和挑战，将"艰苦朴素、求真务实"的校训精神和不怕吃苦、迎难而上的意志品质带到支教服务地，转化为扎根基层、服务西部的热情和坚持。作为学校老师，我倍感欣慰，希望你们能够一如既往地保持下去，使支教团扎根西部、服务基层的精神生生不息、届届流传。

长期以来，"到西部去，到祖国最需要的地方去"，一直是许多地大学子的职业理想和无悔选择。他们在西部建功立业，用青春和热血实现着人生价值，践行着地大人的责任和担当，这也成为我们学校的光荣传统。

2011年5月，胡锦涛总书记在给北京大学第十二届研究生支教团成员回信中充分肯定了支教扶贫实践对于大学生丰富阅历、磨砺意志、增长才干的重要意义，要求广大青年学生努力向实践学习、向人民群众学习。总书记这一重要指示精神，为高等学校育人工作和青年大学生成长成才指明了方向。希望你们按照胡锦涛总书记的要求，扎

听山谷风

记中国地质大学（武汉）研究生支教团

中国地质大学
CHINA UNIVERSITY OF GEOSCIENCES

地址：武汉市洪山区鲁磨路388号
电话：027-87481030
传真：027-87481030
http://www.cug.edu.cn

根西部、努力工作、倾情奉献，将三尺讲台作为当代大学生诠释责任、锻炼才干、磨练品质的人生练兵场。

今年11月7日，母校将迎来60华诞。甲子积淀、世纪腾飞，以校庆盛典为标志，地大必将书写跨越式发展的崭新篇章。你们坚守在教书育人第一线，承担着繁重的教学任务，届时可能无法在现场参加校庆盛典，相信你们一定会关注学校发展，践行校训精神，以出色的业绩回报母校，回报社会。母校也将始终关注你们的发展，加强与支教地学校和有关部门的联系，为你们开展工作、取得佳绩创造更好环境。

请记住，母校永远是你们温暖的家！

最后，衷心祝愿你们在支教岗位上收获佳绩、收获成长、收获精彩！

祝你们中秋节、国庆节快乐！

二○一二年九月二十四日

念十载春秋 师生共度

弹指一挥间，中国地质大学（武汉）研究生支教团已经默默走过了十四年，地大师生从未停止过对这支服务西部的优秀志愿服务团队的挂念，借云南省楚雄市龙江中学研究生支教团服务地建立十周年的契机，母校师生终于踏上了西南这片魂牵梦绕，心心念念的热土。

2016年5月17日，在校党委副书记傅安洲教授的带领下，地大师生代表一行十人从武汉出发前往楚雄，为支教服务地的师生和研究生支教团的志愿者们带去地大最衷心的问候。楚雄市和龙江中学对地大师生的此次之行给予了热情的回应，虽相隔两地素未谋面，却因为支教团十年的坚守亲切如斯。

当晚，龙江中学师生载歌载舞，用彝族人的爽朗与热情向远方来的客人表达着欢迎，向亲如一家的研究生支教团表示感谢。晚会开始前，楚雄市委、教育部门、共青团组织负责人分别对地大研究生支教团工作进行了总结，并对他们十年如一日的默默坚守给予了赞赏，楚雄市委常委、市委宣传部部长邹顺伟表示：地大研究生支教团为楚雄市教育发展贡献了巨大的力量，希望地大支教扶贫的接力棒一届届传承下去。地大党委副书记傅安洲教授更是用"一本书、一首诗、一生情"深情回顾地大研究生支教团的十年支教路，鼓励地大青年志愿者发扬地大精神，勇担社会责任，将青春的光亮洒向西部热土。校团委书记龙眉老师代表地大师生向龙江中学捐赠5万元，设立"南望地大奖学金"，用于奖励龙江中学家境贫寒、品学兼优的学生，帮助他们完成学业，回馈社会。

为了更好地迎接下一个十年，地大师生一行人与楚雄市教育部门及龙江中学教职工、支教团成员以"总结支教经验，开展长期合作"为主题开展了热烈的座谈。座谈会上，龙江中学与地大代表针对两校近年来的发展情况各自进行了介绍，双方对研究生支教团的未来发展规划及具体工作实施交换了意见，就如何助力龙江中学发展达成了共识，在为过去十年认真总结的同时，更积极准备着迎接下一个十年的到来。

地大师生此行带去的不仅仅是对研究生支教团及西部教育工作者的问候，更是对地大志愿者十年来服务西部教育事业的充分肯定，这份重视，这份关怀将激励着越来越多的地大青年投身志愿服务事业，加入西部建设的行列。

不忘初心，继续前进，下一个十年，地大青年即将奔赴而至。

记中国地质大学（武汉）听山谷风研究生支教团

龙江中学师生用歌声向研究生支教团表达谢意

校党委副书记傅安洲教授一行与十届研究生支教团队员合影

校党委副书记傅安洲教授在龙江中学开讲"人与地球"科普课程

校党委副书记傅安洲教授一行与龙江中学教职工举行座谈会。

校团委书记龙眉老师向龙江中学谭校长颁赠奖学金

师言深重　寄语未来

寄语可亲可敬的地大志愿者们：

　　　　山一程，水一程，身向楚雄志愿行，

　　　　风一更，雪一更，助学圆梦终有成；

　　　　待到山中花蕾开，你在丛中笑。

中国地质大学（武汉）地球科学学院党委书记
原校团委书记
王　甫

致研究生支教团：

　　　　十年支教，静水深流；

　　　　启智传爱，家国情怀；

　　　　育人自育，互助进步；

　　　　南望楚雄，薪火相传。

中国地质大学（武汉）团委书记
龙　眉

弘扬"艰苦朴素，求真务实"校训精神，服务贫困地区，奉献青春智慧，播撒爱的希望，展示地大风采，为实现美丽中国梦、强国梦做贡献。

中国地质大学（武汉）医院党委书记
原校团委副书记
马彦周

弘扬志愿服务精神，发扬地大优良品质；

挥洒青春奉献智慧，亲身体验增长才干。

中国地质大学（武汉）海洋学院党委书记
原校团委副书记
成 军

"用一年不长的时间，做一件终生难忘的事。"历届研究生支教团成员秉承志愿精神，不怕艰苦，竭诚奉献，为推动支教地区教育事业发展发挥了积极作用，志愿者们在支教实践中也获得了宝贵的历练经历和成长财富。向你们致敬，可爱的支教团志愿者们！

中国地质大学（武汉）基建处处长
原工程学院分团委书记
王耀峰

奉献、友爱、互助、进步，人生需要这样的底色，青春成就这样的风采。"用一年不长的时间，做一件终身难忘的事。"研究生支教团志愿者们，春风化雨润物无声，传递爱心播种希望，十年坚守，始终如一。去服务，是一句铿锵的承诺；被需要，是一种确切的幸福！

中国地质大学（武汉）团委副书记

姜明敏

希望我校研究生支教团的同学发扬"艰苦朴素，求真务实"的校训精神，在艰难的环境下克难奋进，争创佳绩，为国家西部地区的教育事业做出卓越的贡献。

中国地质大学（武汉）外国语学院党委副书记

原政法学院团委书记

胡文勤

2006年4月初，我有幸去佳县看望了我校第一届研究生支教团成员，陕北一行让我理解了"有一种工作，没有经历过就不知道其中的艰辛；有一种艰辛，没有体会过就不知道其中的快乐；有一种快乐，没有拥有过就不知道其中的纯粹"这句话的深刻内涵。支教团成员们用短短一年的时间，克服艰辛和孤独，用青春和激情诠释着奉献和责任，用坚守和付出为孩子们孕育着希望，这份快乐是多么的自豪和纯粹。

希望能有更多的同学传递接力棒，在点燃山区孩子们希望的同时实现自己的价值。

中国地质大学（武汉）工程学院党委副书记

原环境学院团委书记

江广长

让大学生真正地走进基层，走进西部，能够用自己的一己之力去帮助这些想求学的孩子走出大山，这个社会意义已经很巨大了，这也是为什么研究生支教团能坚持走到今天的原因。

中国地质大学（武汉）档案馆工作人员
原校团委志愿者工作指导老师
曾　艺

"用一年不长的时间，做一件终身难忘的事"，这句话无论是对于广大研究生支教团成员来说，还是对于我这个曾经的研究生支教团的指导老师来说，都有着不一样的意义，那是一种情感、一种经历，体现着理想、青春、坚持和岁月。

祝愿每个研究生支教团成员收获成长和幸福，祝愿地大研究生支教团事业欣欣向荣！

中国地质大学（武汉）地质过程与矿产资源国家重点实验室办公室主任
原校团委志愿者工作指导老师
翁华强

支教如歌，唱尽人情冷暖，岁月如流水，洗涤青涩汇聚梦想，下一个十年，用青春见证，不见不散！

中国地质大学（武汉）团委办公室主任、志愿者工作指导老师
黄　蕾

讴歌青春　寄语支教

通过支教，我看到了我们的党和国家为建设社会主义和谐社会所作的巨大努力，和对我们青年一代的殷切期望。

我切身感受到缺乏知识，观念落后给当地经济社会发展带来的巨大障碍，更加深刻地认识到知识对于改变个人命运和推动社会进步所起的决定性作用。

——第一届研究生支教团成员　孙步阳

趁年轻，去吧！去你想去的地方，一定要到达；去做那些让你充满生命力的事情，那些你热爱的，让你觉得充满意义的事情。当然，支教只是其中一件，你可以在象牙塔中任性选择的一件。愿这件小事能让你沉淀，愿这件小事能让你一直相信美好，愿你的梦想里不仅有自己，还有好多好多人。勿忘初心！

——第五届研究生支教团成员　刘芳雅

短短的一年支教经历于我而言是非常有意义的，更是我一生的财富。

愿更多的支教队员以自己的热情和真心，脚踏实地，去履行一名好老师的承诺与责任！为西部教育事业添砖加瓦！

让热情乘清风飞扬，伴着孩子们的梦想飞翔！坚守三尺讲台，为山区孩子打开一扇心灵之窗。

——第六届研究生支教团成员　胡忠霞

"志愿梦"是伟大"中国梦"的重要组成部分，愿地大研究生支教团的学子们在"志愿梦"中绘就自己的魅力华章！

——第六届研究生支教团成员　郭晓伟

回首2010年启程、为期一年的支教生涯，脑海中反复出现的是这句话：用一年的时间，做一件终生难忘的事。的确，在之后的学习生活中，我总试图向身边人描述那终生难忘的经历，也总能引起大家的兴趣。

支教工作只是志愿者服务事业中的小小一块，但能够体会到绝大多数志愿者服务之精华。如果青春可以重来，我们依然会喊出那句口号：用一年的时间，做一件终生难忘的事，我愿意！

——第六届研究生支教团成员　徐　枫

"用一年不长的时间，做一件终生难忘的事"成为一批又一批地大支教团成员砥砺前行的座右铭。在一年不长的时间内，我们扎根西部，壮美青春，奉献自我；献青春岁月，学人民品质，务基层之需；践行"艰苦朴素、求真务实"的校训，为学校增光添彩，为中国梦贡献自己的微力量！

——第七届研究生支教团成员　李　燚

不忘初心、方得始终。支教路上，用我平凡青春，助力山区孩子未来梦想。我们不仅带来知识，更带来憧憬和希望。地大研究生支教团，为你们点赞！

——第七届研究生支教团成员　游　萌

追求崇高，就要忍受孤独。安于世俗，就要面对烦恼。

——第八届研究生支教团成员　叶文辉

驰援滇中已三秋，支教西部把心呕。有幸吾辈众志城，激昂青春永不休。

——第八届研究生支教团成员　赵　江

无论是于你，还是将与你结下不解之缘的孩子们而言，这是一段毕生难忘的经历；我也坚信支教是一种力量，它能生根、发芽，终将成为参天大树！

——第十届研究生支教团成员　黄梦达

希望在龙江中学的每一个孩子都记住，梦想没有高低贵贱，只在于他对你自己的价值，希望他们都能够实现自己的梦想。

——第十届研究生支教团成员　黄禹翔

我希望能用我的爱去带动他们对这个社会的爱，对生活充满热情，对他人传递热情。

——第十一届研究生支教团成员　王振武

回首过往，百感交集，支教只是起点，我们的故事还没有结束。

——第十二届研究生支教团成员　路　康

一年很短，收获却满满，很幸运能遇见这群孩子们，做的远远不够，但这些都会成为我永恒的光荣。

——第十二届研究生支教团成员　丁钰峰

怀揣梦想，深入祖国最需要的地方；以梦为马，扎根最深最纯的土壤，虽苦乐掺半，却是最美好的春光，一年践行，终身无悔！

——第十三届研究生支教团成员　郭科赶

曾经仰望星空，豪情万丈；而今躬行育人，任重道远。一年的时间，与同伴携手并肩，与学生朝夕相伴，不为桃李满天下，但求笑脸在心间。

——第十三届研究生支教团成员　王新萌

用一年时间，做一件事，做好一件事，让青春在育人与自教中绽放。

——第十四届研究生支教团成员　郑　鹏

支教，正是有了这淡墨的点染才诗画同园、魅力无限，成绩的取得不是终点，而是起点。"志之所趋，无远勿届，穷山距海，不能限也；志之所向，无坚不入，锐兵精甲，不能御也。"这一年让我明白自己肩上的责任，爬坡过坎、翱翔天际。

寸粉笔三尺讲台系国运兴，一颗丹心一生秉烛铸师魂。

——第十四届研究生支教团成员　刘　睿

一年不长，一年不短，只要用心尽力，能做的事情其实很多。

——第十四届研究生支教团成员　张祖禹

不忘初心　继续前行

　　心中有绿，脚下留青，支教助学，尽心而为。愿我们能不负希望，不负嘱托，不负孩子们赤诚的眼睛。

—— 第十五届研究生支教团成员　　田森戈

　　从学生中来，到边远的学生中去。我希望带给孩子们的不只是新鲜的知识体系，更多的是对自己梦想的坚持和对自己人生清晰的认识。

—— 第十五届研究生支教团成员　　申　伟

　　人生最美好的是相遇，最难得的是重逢。希望重逢的时候每个人笑容依旧。

—— 第十五届研究生支教团成员　　雷司琪

　　希望大堰中学的孩子们能够怀揣梦想，不忧虑过去与未来，和我们一起努力，大步往前走，一定可以成为那个想成为的自己！

—— 第十五届研究生支教团成员　　王　玉

　　愿恩施大峡谷的富氧，孕育出闪闪发光的希望。研究生支教，本身就是一种力量。

—— 第十五届研究生支教团成员　　饶炜博

听山谷风　——记中国地质大学（武汉）研究生支教团

愿如徐本禹先生所说，做一滴微小的水，毫无保留的反射自己的光和热，将地大赋予我的精神和知识带给云南的孩子们！

——第十五届研究生支教团成员　李天琪

希望家乡的每一个孩子都能走出大山，一起为梦想插上翅膀，凭汗水翱翔于天际，待学有所成做一个对母校、对家乡、对祖国有用的人。

——第十五届研究生支教团成员　向　昊

希望接下来的一年，能够与小伙伴儿们携手共渡这一段必将难忘的经历，尽自己最大的努力，帮助每一个孩子。愿每一个萤火虫都能发光！

——第十五届研究生支教团成员　邓才莹

第一要真诚，其次要善良，最后让我们永不相忘！一年的时间，让我们走进彼此，互相帮助，共筑美好明天。

——第十五届研究生支教团成员　梁梦姣

心有阳光，与爱同行，初心不忘，未来可期。

——第十五届研究生支教团成员　王欣雨

对于这次为期一年的支教，我心中充满期待但又有些许担忧。期待我的能用自己的付出使他们更好的学习成长，也担忧时间太短可能刚开始就已结束，支教对于研支团的我来说是一场身和心的成长，我想用我一年不长的时间奉献给最天真可爱的他们。

——第十五届研究生支教团成员　沈　晨

支教再出发 建功新时代

记中国地质大学（武汉）听山谷风 研究生支教团

中国地质大学（武汉）2004年组建了首批研究生支教团，从此每一届都肩负着责任和使命赴往支教地开展志愿服务，不断地探索着课程教育、学生组织建设、社团活动、助学扶贫等一系列工作。十四个春夏秋冬里，地大研究生支教团遍阅了陕西的干燥、云南的温暖、江西的淳朴和恩施的秀丽，在一批批志愿者涌向服务地的路上，或多或少都会遇到相似的难题和困惑，但第十五届研究生支教团已经准备好了，他们当中有支教经历丰富的"老"教师，有热心学生、社团工作的孜孜不倦者、有回报家乡的饮

第十五届研究生支教团合影

水思源者。

万事开头难,每一届要从"不消""咋个说""整哪样""好在"的听力训练中开始,找到与当地民众磨合的那个点,大家都必须快速适应。每一次新老交替都有交流,但所有人都慢慢将这一种交流升华为一种传承,是奉献的心的传承,是责任与使命的传承,让后生们在前辈的开拓的道路上继续砥砺前行。

前辈的经验指导着我们,教学工作做的不足会走弯路。一些知识点和题目的讲解不清晰、和学生沟通不足、自己对学生基础情况掌握不全面可能会导致学生的成绩差强人意,会给学生会带来困惑和打击,会动摇老师的激情憧憬、雄心斗志。

前辈的感悟分享于我们,一位新老师威严的树立与尊重学生之间的矛盾和难处。青春期学生身上的顽劣和叛逆,对新老师心存的戒心和怀疑,这些都会造成理想与现实的差距,会成为教育中难以跨越的阻碍,如何克服焦虑和挫败,这也许是对每一位研究生支教团成员的考验。

如今,伴随着改革开放的春风,支教地学校发生了翻天覆地的变化,基础设施建设不断完善、教学环境更加优化,研究生支教团将秉持初心,再次出发,面对不同的挑战,延续不变的决心。作为新时代的青年一代,我们定会坚定理想,坚守信念,肩扛使命,擘画华章。

问道争朝夕,治学忌功利,我们坚信教育的力量不仅能改变一个人,更能改变一个国家和民族,以树人之心去教育,以赤诚之心去服务,用一年最纯粹的时光,去做终身难忘的事情,在追寻希望与梦想的道路上,中国地质大学(武汉)第十五届研究生支教团即将启航。

听山谷风

记中国地质大学(武汉)研究生支教团

一纪坚守 风华正茂

听山谷风

记中国地质大学（武汉）研究生支教团

第一届研究生支教团　2005-2006年　陕西省佳县乌镇中学

王颋
学院：计算机学院
专业：计算机科学技术

梁尚昆
学院：管理学院
专业：工商管理

柳红兵
学院：政法学院
专业：法学

孙步阳
学院：信息工程学院
专业：测绘工程

第二届研究生支教团　2006-2007年　云南省楚雄市龙江中学

雷振宇
学院：资源学院
专业：资源勘察工程

李迪开
学院：数学与物理学院
专业：物理学（师资）

林松
学院：地球物理与空间信息学院
专业：地球物理学

王家松
学院：材料与化学学院
专业：应用化学

第三届研究生支教团　2007-2008年　云南省楚雄市龙江中学

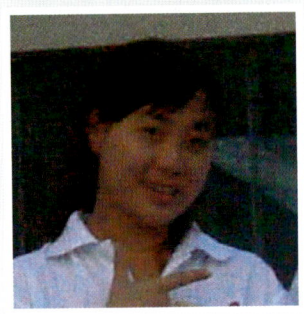

柴　烨

学院：珠宝学院
专业：宝石材料和工艺学

任来君

学院：环境学院
专业：生物科学

薛海东

学院：计算机学院
专业：计算机科学与技术

秦晓健

学院：政法学院
专业：法学

第四届研究生支教团　2008-2009年　云南省楚雄市龙江中学

杜金鹏

学院：材料与化学学院
专业：应用化学

戚　慧

学院：外国语学院
专业：英语

祝艳波

学院：工程学院
专业：岩土工程

闵　勇

学院：政法学院
专业：行政管理

第五届研究生支教团　　2009-2010年　　云南省楚雄市龙江中学

刘芳雅

学院：经济管理学院
专业：会计学

刘国辉

学院：数学与物理学院
专业：信息与计算科学

崔丽莉

学院：外国语学院
专业：英语

吴建川

学院：工程学院
专业：工程地质

第六届研究生支教团　　2010-2011年　　云南省楚雄市龙江中学

马灵妤

学院：信息工程学院
专业：地理信息系统

徐　枫

学院：机械与电子信息学院
专业：电子信息工程

郭晓伟

学院：政法学院
专业：行政管理

胡忠霞

学院：环境学院
专业：环境工程

第七届研究生支教团　2011-2012 年　云南省楚雄市龙江中学

孟婧雯

学院：工程学院
专业：土木工程

李燚

学院：经济管理学院
专业：市场营销

游萌

学院：艺术与传媒学院
专业：音乐表演与传播

第八届研究生支教团　2012-2013 年　云南省楚雄市龙江中学

王强

学院：材料与化学学院
专业：材料化学

赵江

学院：计算机学院
专业：信息安全

詹敏

学院：数学与物理学院
专业：信息与计算科学

叶文辉

学院：经济管理学院
专业：市场营销

第九届研究生支教团　2013-2014年　云南省楚雄市龙江中学

沈　昕

学院：艺术与传媒学院
专业：广播电视新闻学

王　超

学院：地球物理与空间信息学院
专业：地球物理学

崔丽莎

学院：工程学院
专业：土木工程

赵　驰

学院：艺术与传媒学院
专业：音乐制作与传播

第十届研究生支教团　2014-2015年　云南省楚雄市龙江中学

杨小霞

学院：艺术与传媒学院
专业：艺术设计（数字动画方向）

黄禹翔

学院：公共管理学院
专业：法学

黄梦达

学院：计算机学院
专业：计算机科学与技术

田敬广

学院：机械与电子信息学院
专业：通信工程

第十届研究生支教团　2014-2015年　江西省宁都县黄陂中学

彭少龙

学院：工程学院
专业：勘查技术与工程

李　薇

学院：经济管理学院
专业：国际贸易

苏　彤

学院：公共管理学院
专业：行政管理

第十一届研究生支教团　2015-2016年　云南省楚雄市龙江中学

李刘浩

学院：公共管理学院
专业：公共事业管理

薛肖斌

学院：材料与化学学院
专业：应用化学

党钰林

学院：艺术与传媒学院
专业：音乐制作与传播

邹蔚鹤

学院：数学与物理学院
专业：数学与应用数学

| 第十一届研究生支教团 | 2015-2016年 云南省楚雄市龙江中学 |

张家宝

学院：公共管理学院
专业：法学

| 第十一届研究生支教团 | 2015-2016年 江西省宁都县黄陂中学 |

王振武

学院：地球物理与空间信息学院
专业：地球物理学

| 第十一届研究生支教团 | 2015-2016年　江西省宁都县黄陂中学 |

王佳宁

学院：资源学院
专业：资源勘查工程

黄燕霞

学院：自动化学院
专业：测控技术与仪器

宁　可

学院：工程学院
专业：岩土工程

孙宇涛

学院：计算机学院
专业：计算机科学与技术
　　　（空间信息与数字技术）

第十二届研究生支教团　2016-2017 年　江西省宁都县黄陂中学

孟庆达

学院：工程学院
专业：土木工程（地下建筑）

黄　威

学院：公共管理学院
专业：土地资源管理

丁钰峰

学院：地球物理与空间信息学院
专业：地球物理学

路　康

学院：自动化学院
专业：自动化

第十二届研究生支教团　2016-2017 年　江西省宁都县黄陂中学

霍少孟

学院：信息工程学院
专业：信息工程

张伟炫

学院：地球物理与空间信息学院
专业：地球物理学

第十二届研究生支教团　2016-2017 年　云南省楚雄市龙江中学

林 昇

学院：计算机学院
专业：计算机科学与技术

任文珍

学院：经济管理学院
专业：财务管理

蒋天娇

学院：工程学院
专业：土木工程（岩土工程）

严亮轩

学院：工程学院
专业：土木工程（岩土工程）

第十二届研究生支教团　2016-2017 年　云南省楚雄市龙江中学

邬斌杰

学院：工程学院
专业：土木工程（建筑工程）

第十三届研究生支教团　2017-2018年　江西省宁都县黄陂中学

郭楚枫

学院：地空学院
专业：地球探测与信息技术

郭科赵

学院：材化学院
专业：地球化学（地学院）

姚烺亭

学院：经管学院
专业：应用经济学

李　康

学院：公管学院
专业：公共管理专业

第十三届研究生支教团　2017-2018年　江西省宁都县黄陂中学

王新萌

学院：公管学院
专业：公共管理专业

吴　波

学院：地学院
专业：构造地质学

第十三届研究生支教团　2017-2018年　云南省楚雄市龙江中学

范　欣

学院：地空学院
专业：地球物理学

高梦天

学院：资源学院
专业：矿产普查与勘探

刘鹏宇

学院：地空学院
专业：地球探测信息与技术

宋文硕

学院：自动化学院
专业：控制科学与工程

第十三届研究生支教团　2017-2018年　云南省楚雄市龙江中学

邹馨捷

学院：工程学院
专业：安全工程

第十四届研究生支教团　　2018-2019 年　　湖北省恩施州建始县大堰中学

   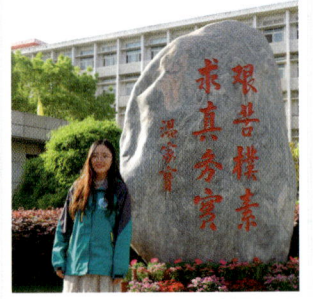

雷 敬

学院：公管学院
专业：公共管理

李 敏

学院：自动化学院
专业：控制科学与工程

李文伟

学院：公管学院
专业：公共管理

李文文

学院：体育学院
专业：体育教育训练学

第十四届研究生支教团　　2018-2019 年　　湖北省恩施州建始县大堰中学

刘 睿

学院：资源学院
专业：石油与天然气工程

张祖禹

学院：公管学院
专业：土地资源管理

第十四届研究生支教团　2018-2019 年　云南省楚雄市龙江中学

杜新乐　　　　　　　　　冼锦炽　　　　　　　　　赵慧斌　　　　　　　　　郑　鹏

学院：工程学院　　　　　学院：　　　　　　　　　学院：工程学院　　　　　学院：信工学院
专业：安全科学与工程　　专业：地球探测与信息技术　专业：地质工程　　　　　专业：地图制图学与地理信息工程

第十四届研究生支教团　2018-2019 年　云南省楚雄市龙江中学

朱　冲

学院：资源学院
专业：矿产普查与勘探

第十五届研究生支教团　2019-2020 年　湖北恩施建始县大堰中学

邓才莹

学院：工程学院
专业：土木工程（地下建筑方向）

向 昊

学院：经管学院
专业：数学与应用数学、经济学

饶炜博

学院：信工学院
专业：测绘工程专业

王 玉

学院：公管学院
专业：自然地理与资源环境

第十五届研究生支教团　2019-2020 年　湖北恩施建始县大堰中学

沈 晨

学院：体育学院
专业：社会体育指导与管理

梁梦姣

学院：地空学院
专业：地球信息科学与技术

第十五届研究生支教团　2019-2020年　云南省楚雄市龙江中学

申 伟

学院：信工学院
专业：测绘工程

雷司琪

学院：信工学院
专业：测绘工程

王欣雨

学院：公管学院
专业：行政管理

李天琪

学院：信工学院
专业：遥感科学与技术

第十五届研究生支教团　2019-2020年　云南省楚雄市龙江中学

田森戈

学院：艺媒学院
专业：动画

记中国地质大学（武汉）听山谷风 研究生支教团

后 记

览书于此，折页暂歇，志愿者们依然前行。

遥想当年响应国家号召，组建中国地质大学（武汉）研究生支教团。或许没有人想到，这趟旅程，一走就走了十余年。

这一纪，默默付出，扎根西部，百余页的纸张想要道出支教团身后的故事似乎略显单薄；这一纪，85位志愿者辛勤耕作，诲人不倦，动人的青春承载在这份纪念册中似乎也不够厚重；这一纪，从地大到陕北，从湖北武汉到江西赣州，从江汉平原到云贵高原，对沿途足迹的细数似乎也无法丈量他们爱的边界。

十余年间的故事太多，十余年里的感动也太多，本书仅将志愿者们支教的片段略作整理，希望能和大家分享一个关于时间与记忆的故事。如果你也略有感动，希望你能为这一纪里志愿者的青春奉献鼓掌。当你合上本书时，可能你已经忘了他们的名字，但请记住他们的故事，他们传递的爱与未来，还有他们扛起的责任与担当。

地大支教团的故事还未完成，仅以本书向地大的志愿者们致敬，向那些默默服务于西部基层的志愿者们致敬，向这一纪的光阴致敬。